櫻田 啓
Kei Sakurada

悲運の宰相・松平忠直
一伯公《いっぱくこう》

画：小山 規
装丁：金丸 映里子
松平忠直像：浄土寺蔵

悲運の宰相・松平忠直

一《いっ》伯《ぱく》公《こう》

目次

序章　北国の別れ　6
1　豊後下り　6
2　父との別れ　20
第二章　越前火の舞　26
1　北庄入り　26
2　越前騒動　35
第三章　大坂夏の陣　44
1　淀殿の怒り　44
2　古今無双　51

第四章　忠直凱旋　63

1　家康の約束　63

2　初花肩衝　67

第五章　鳥羽野の森　77

1　父の悲願　77

2　難工事　82

第六章　忠直反乱　89

1　覚悟の欠礼　89

2　騒ぐ大名たち　97

第七章　江戸の謀略　108
1　年寄り三人衆　108
2　将軍秀忠の覚悟　112
第八章　幕閣の影たち　131
1　仕事請負人　131
2　伊賀と甲賀　142
第九章　湖畔の激闘　149
1　近江路の危機　149
2　浮御堂　157

第十章　京洛の別れ　176
1　武士の人情　176
2　仕事人の最期　184
終章　南国のやすらぎ　191
1　将軍の決断　191
2　津守館　200
3　戦国最後の風雲児　206
あとがき　214

序章　北国の別れ

1　豊後下り

――元和九年（一六二三）春。越前北庄《きたのしょう》城の天守。

のどかな風景である。あちこちにコブシの白い花が咲き誇っている。

眼前に座る足羽山《あすわやま》は、冬枯れの寂《さび》れた色から、うっすらと春の萌葱《もえぎ》色に衣《ころも》を替えている。

足下には、いくぶん温《ぬる》んだ水を満《まん》とたたえた足羽川が悠《ゆう》と流れ下っている。

この川は、ゆっくりと蛇行をくりかえしながら、途中で九頭竜《くずりゅう》の大河と合流して、三国の海へとそそぎ込む。

（この冬も雪が深かった……）

ただひとり、天守に登って城下に目をやっている忠直は、そう思う。

越前宰相松平忠直《えちぜんさいしょうまつだいらただなお》、二十九歳。きのうまでは越前中将公と呼ばれ、この地六十八万石の領主だった男である。

たなびく霞のように、どこまでも平和で、やすらぎのあるこの町も、きょうが見納めとなる。

忠直は、日の出前からもうかれこれ半刻《はんとき》（一時間）ちかく高欄に手をかけ、これまで過ごした越前での日々を、なつかしく回想している。

領主としてこの地にあったのは、十六年だった。

父秀康が、松平家の領国として拓いたこの地には強い愛着も残る。

自業自得とはいえ、いまは無位無官となり、身は科人《とがにん》としてこれより九州へ流される。

――だが。

ここ数年抱いてきた幕府への忸怩《じくじ》たる思いはすでに晴れ、今朝の空のように底抜けに明るい。

いつも頭上に重くたれていた雲が、いまは吹き散らされたかのように、清々《すがすが》しい気分だった。

「殿、そろそろご出立にございます。広間へお降りください」

近従《きんじゅう》が呼びに来た。

「相、わかった」

応えて、もういちど城下を目にとどめた忠直は、天守の階《きざはし》を降りた。

大広間に入ると、居並んだ家臣たちがいっせいに手をついた。

これから、領主として家臣たちに最後の言葉をかける。

「皆の者、ご苦労。よくぞきょうまでこの忠直に尽くしてくれた。礼を申すぞ。余の不徳ゆえ、皆には心配をかけた。詫びを申す」

「殿！」

「殿！」

家臣たちの声が震える。

「余の離れたあとも、越前松平家の家人として矜持を忘れず、これまで以上に尽くしてくれよ。松平の家は仙千代（光長）が継ぐことになろう。なにぶん幼少ゆえ不安もあろうが、皆で守り立ててほしい。皆、息災に暮らせ」

「殿！」

「殿！」

家臣たちの肩がさざ波のように揺れる。

「皆とは、敦賀で別れることになる。それまで、もうしばらくつき合ってもらおう」

忠直、最後の言葉だった。

――大手の城門が開いた。

騎馬武士の集団を先頭に、三千人の行列がこれより敦賀をめざす。

忠直が乗った駕籠は旗本が固めている。

この列の中に、幕府から派遣された目付の牧野信成《まきののぶしげ》（伝蔵《でんぞう》：石戸領主）と配下の武士たちもいた。

牧野は、忠直を豊後（大分）まで護送する幕府護送役である。

牧野は三河武士であり、戦国武将として、その気骨と戦功はつとに知られている。

科人として豊後に下る忠直に対して、どこまでも御家門に対する礼を尽くしている。

「中将様、豊後までお供仕る牧野にございます。ご不便あらば、この牧野めに何なりとお申し付けくだされ」

まるで家臣のように慇懃《いんぎん》であり、幕府監察吏としての職務を忘れたかのような物言いだった。

「ご苦労にござる。よろしく頼み入る」

忠直は短く答えた。

――越前忠直公、幕府に反乱。

そんな噂が、諸国大名たちの間に立ったのは、ここ二年ほど前からだった。

たしかに、幕府へは反抗的ともとれる態度をとってきた。

だが、幕府に対して反乱し、弓引くことなど毛頭も考えたことはない。

幕府に反抗的と言われれば、それは「制外の家」としての越前松平家の矜持を賭けたものであり、自分自身の痼疾《こしつ》から出たものにすぎない。

二年の間、幕府を、そして諸侯たちを騒がせたことが、権現家康の初孫としてのせめてもの気骨だった。

大坂の陣のおり、弟忠昌《ただまさ》、直政《なおまさ》とともに初陣し、一万五千の兵を引き連れて、ここ越前から大坂に駆け上ったのは、忠直二十歳のときだった。

冬、夏二度にわたる戦の中、大坂城を落城させた夏の陣において、先陣を切って大坂城一番乗りを果たしたのは、忠直率いる勇猛果敢な越前軍だった。

大殊勲をあげ、徳川一門の気骨を諸大名に示したことに、祖父家康は大いに喜び、諸侯を前にして、

「こたびの戦陣において、勲功第一は越前少将、わが秘蔵の孫よ」

と大いに褒めたたえてくれた。

それればかりか、父の秀康もまた、関ヶ原の合戦における論功行賞においては、父家康から、

「奥州表を押さえ、関東を守った軍功は抜群なり」と称えられて、越前六十八万石

を与えられた。これは、弟秀忠《ひでただ》、忠吉《ただよし》とともに父家康に従い、会津の上杉景勝を攻めるため、下野《しもつけ》の小山に進軍したおり、「石田治部《じぶ》小輔《しょうゆ》起つ」の急報を受け、評定での決定により、父家康が忠吉とともに東軍を率いて東海道を上り、秀忠は中山道を上った。

世にいう天下分け目の関ヶ原。戦《いくさ》は東軍の勝利に終わった。

――結果。

祖父家康は、征夷大将軍となって江戸に幕府を開き、その覇権を天下に示した。

叔父忠吉は、先陣を切って島津豊久の首をあげて初陣を飾り、尾張清洲に五十二万石を与えられた。

叔父秀忠は、関ヶ原に向かう途中、信濃の上田城攻めで真田昌幸の激しい抵抗を受け、関ヶ原の本戦に遅参したため、祖父家康から厳しく譴責《けんせき》をうけたという。

父の秀康は、宇都宮城に拠って、伊達政宗らとともに会津の上杉景勝軍の南下をはばみ、東軍を、西軍と上杉軍との挟み撃ちから守った。

そのことが軍功第一と認められ、越前六十八万石を与えられた。

親子ともに、徳川のために軍功をあげ、今日の徳川幕府を樹立するために大きく貢献したのである。

戦国武将として、これほど名誉なことはない。

だが、戦国の世はとうに過ぎ去った。

いまや叔父秀忠が将軍の座にあり、まもなく、従弟《いとこ》の家光が三代将軍に就《つ》こうとしている。

——時代は変わったのだ。

忠直はそう思う。

戦上手《いくさじょうず》の武将よりも、阿諛《あゆ》に長けて政治の巧《うま》い幕吏大名が幅をきかす世となった。

徳川幕府は揺るぎない権力を掌握し、巧緻《こうち》な策略をもって大名つぶしを進めており、旧《ふる》い面目や建前に固執する大名は、幕府の策略に落ちて消えていく。

(結局、自分もそのひとりだった……)

武将としては、よい時代を生きた。

二十九歳の忠直をして、そう思わせる。

山野を彩る新緑は、忠直の気分を慰めてくれた。

正室の勝姫《かつひめ》（将軍秀忠三女）とは離縁したが、供の中には、側室のお蘭、愛娘のおふく（三歳）、愛妾のおむく、お糸も加わっていた。

城下を離れると、あたりの風景は田園に変わる。

農夫たちがこぞって田植えの準備にとりかかっていた。

行列はやがて鳥羽野にさしかかった。

鳥羽野は、鯖江と福井の中間にある広大な荒野で、

——往来の人を切取剥取物騒なる道筋
といわれ、無法地帯だった。

その荒野を、忠直が、四年の歳月と莫大な藩費をかけて切り拓いた。

工事は三年前に完成した。

湿地と深い森だった原野は、いままっすぐにのびた新しい北陸道に変わり、街道の両側には商人や職人の店、旅宿や飯屋など二百軒ほどが軒《のき》を連ね、以前には想像もつかなかったにぎやかな町が出現した。

開拓民や移住者に特権を与えた忠直の施策が、いまようやく実を結んだのである。

鳥羽野八か村の庄屋たちは大いに喜んだが、越前藩にとっても大きな殖産をもたらしてくれた。

これもひとえに、忠直の善政が功を奏したのである。

越前はもともと朝倉氏が統治していた。

朝倉氏は足羽川の支流である一乗谷《いちじょうだに》に城を築き、五代、百年にわたって越前守護として君臨してきた。

朝倉義景のとき、織田信長のたび重なる侵攻に破れ、ついに朝倉氏は滅亡した。そののち、本願寺の顕如の命令を受けた旧朝倉家臣や一向宗が一揆を引き起こした。「越前一揆」である。

一揆に手を焼いた信長だったが、これを鎮め、家臣の柴田勝家にこの地を与えて治めさせた。

信長のねらいは、勝家に隣国越後の上杉謙信に対峙《たいじ》させることであったが、勝家は善政を敷き、越前の領民はようやく安穏の生活を送った。

勝家は北庄に城を築き、およそ九年にわたってこの地を治めた。

ところが、信長が本能寺において自刃すると、その後継をめぐって羽柴秀吉と勝家が激しく対立し、ついには賤《しず》ケ《が》岳《だけ》で雌雄《しゆう》を決した。

かつて「猿」と呼んでいた成り上がり者の秀吉に、勝家は破れた。

北庄城に駆け戻った勝家は、妻のお市（信長の妹）とともに自刃して果てた。

そのあとを治めたのが、父の秀康だった。

父は落城した北庄城を四層五階の天守をもつ大きな城に修復し、城下を整備した。父の遺したこの城に愛着はある。だが、そんな歴史を持つ越前を、いま忠直は離れようとしている。もう、振り返って城を見つめようとはしなかった。

行列はやがて府中（武生）の城下に入った。

ここは、主席家老の本多富正が治める地である。

北庄城の留守居をあずかった富正が、忠直を出迎えた。

行列はここで小休止となる。

忠直は富正に案内されて城に入った。監察吏の牧野が主従の別れを許したのだ。

城内にもうけられた茶室で、富正が茶を点てた。

「うまい。爺、ずいぶんと腕をあげたの」

忠直は「もう一杯」と所望した。

「殿、この富正、なんのお役にも立てず、申しわけございませぬ」

富正は畳に手をついた。

「もうよい。何も言うな。すべては決まったことじゃ。時の流れよ、時の……」

富正は父の代から家老をつとめていた

が、父の亡きあと、幕府の意向を強くうけて江戸からやって来た次席家老の本多成重と忠直は反りが合わなかった。

富正と成重とは従兄弟同士である。

このため富正は、忠直と成重、忠直と幕府の板挟みとなり、ずいぶんと苦労した。忠直への裏切りもならず、幕府への逆らいもならず、その狭間で苦悶したのである。

そのことは忠直もわかっており、いまさら富正を責めるつもりはない。

「爺、のちの越前がこと、くれぐれも頼むぞ。もし仙千代が継ぐようになれば、まだ幼い。そちが見守ってくれ」

「この富正、命に代えましても仙千代様をお守りいたす所存。それが殿へのお詫びにございますれば……」

「それを聞いて忠直、安堵した。爺、そちも体をいとえよ」

「もったいなきお言葉……」

富正は平伏して、肩を揺すった。

「爺、うまい茶であった。さて、ゆるりと参ろうか」

忠直は立ち上がった。

忠直が駕籠に身を入れると、行列は出発した。

一日目の宿は今庄《いまじょう》の陣屋にとった。
そこへ、鳥羽村の庄屋たちがやって来た。
忠直への別れがしたいという。護送役の牧野はこれも許した。
庄屋たちは忠直の前に伺候すると、深く頭をたれ、道中の息災を述べた。
これに応え、忠直もまた庄屋たちに別れの引き出物を与えた。
百姓あっての庄屋。庄屋あっての国衆。国衆あっての領国支配。
軽んずれば領国支配は成り立たない。
それゆえ、忠直は庄屋たちを大事に扱ってきた。

――翌朝。
行列は敦賀をめざして出発した。
小春日和にめぐまれて、旅は順調に進む。
今庄を過ぎると、道はしだいに上り坂となる。
ここからは、北陸街道いちばんの難所にさしかかる。
道の左右は深い森に包まれ、根雪は溶けずに積もっている。
越前に入部した柴田勝家は、まずこの道の整備にとりかかった。

京洛の事変に備え、兵を瞬時に移動させるための、戦国武将としての備えだった。賤ヶ岳の合戦に臨み、勝家率いる越前兵はこの道を駆け上った。そして忠直もまた、大坂の陣の折りには一万五千の兵を率いてこの道を行軍し、凱旋した道でもある。

古来より、この道は若狭、近江と越前、加賀、越後を結ぶ北陸方面の重要な街道だった。

京から北陸へ、北陸から京、大坂へ、人や物が流通する。それは今も変わらない。武士、商人、百姓、百部、僧形、放下師、刃物師、箍師、傀儡師、白拍子。男と女、大人と子供。ありとあらゆる人々が行き来する。

人々は、越前からの大名行列に驚き、道をよけ、旅を急ぐ者は間道に逃げ込んだりする。

鬱蒼とした木々の間から、ときおり春の日差しが道を照らす。

切り込まれた渓谷の底からは、かすかに水の流れる音がする。

谷から谷へ、澄んだ鳴き声を響かせて、鶯《うぐいす》が飛び去っていく。

駕籠の揺れに身を預け、忠直は越前での日々を回想している。

七歳で父とともに越前に入り、十三歳で父を失った。

父の記憶を残しているのは、北庄にあったわずか五、六年のことだったが、そのころの父はいつも戦場にあり、戦のないときは、禁裏普請総督として京にあった。

それでも、武将としての父の姿や匂いは、強烈な印象として残っている。父は剛毅な武人だった。

こんなこともあったらしい。

江戸参勤のため木曽路から関東に入る途中、碓氷《うすい》の関所にさしかかったとき、関守が行く手を阻んだ。

その理由《わけ》は、行列の中に鉄砲を担いだ隊列があったため、それを咎《とが》めてのことだった。

父は関守にむかって言い放った。

「その方、余が松平秀康と承知のうえで行列を止めるか。そうであれば容赦はしないぞ」

恐れをなした関守が江戸に注進におよんだところ、これを聞いた家康は、

「それは関の番人めらが人を知らずしての儀じゃ。秀康に打ち首にされなかったは、関守らの幸せであった」

こう言って笑ったという。

たしかに。幕府の法度に反して鉄砲行列を組むことなど、他の大名がやれば即刻に切腹もしくは、お家断絶の処分をうけることであろう。

ここにも、越前松平家が「制外の家」として、特別の扱いをうけていたことがうかがえる。

このたびのことは、父に対して申し訳なく思う。だが、父の遺した矜持だけはどうしても譲れなかった。

また、徳川家嫡流の継承者としての自負もあり、二代にわたる戦場での軍功の誇りもあった。加えて、自分の痼疾によるところもある。

いずれにせよ、時代に逆らい、なまじの建前に固執した自分が、幕府にとっては眼の上の目障りな瘤《こぶ》に映り、それを容赦のない権力で取り除かれたに過ぎないのである。

時代の変化に気づいたときは、もう手遅れだった。

2　父との別れ

官位官職を払われ、大名の座を追われ、身は配流となった。癒しがたい心の傷を負わされた。

だが、それやこれや、積年頭上を覆っていた黒雲が払われ、いまは青天をのぞんだ気分である。悟《さと》りなどという博雅《はくが》なものではない。自分に適した時代を精いっぱい生きてきた満足感である。


空がひらけた。

あたりには栃の古木が茂り、春の日差しが柔毛《にこげ》をかがやかせて、新葉が眼にここちよい。

行列は長い上り坂を越え、ようやく栃の木峠の頂《いただき》に着いた。

一軒の茶店があり、屋号には「前川家」と書かれている。

ここで小休止となった。忠直も駕籠から出て、

「空気が旨いのう」

と大きく息を吸った。

眼下には、通ってきた板取宿の家並みが見え、はるかむこうには今庄の村が霞の中に煙っている。

「ちちうえさま」

おふくがかけ寄ってきた。

「おお、おふく。どうじゃ、疲れてはおらぬか」

忠直はおふくを抱きあげた。

「お姫さま」

あわてて侍女たちがかけてきた。

「よいよい。ふくも飽きたのであろう。ふくよ、これから参る豊後という国はの、冬でも雪が降らぬそうじゃ。ふくは寒いのが嫌いゆえ、きっと気に入るぞ」

「ふくはゆききらい」

そう言って、ふくは小さな足で根雪を蹴った。

「ははは。それにな、ふく、豊後には旨い蜜柑もたくさんとれるそうじゃ。楽しみじゃの」

「かわはありますか」

「おお、川はあるとも」

「うみはありますか」

「海もあるぞ」

「ととはおりますか」

「おお、ふくの好きな魚《とと》もたくさんとれるぞ」

「よかった」

ふくは、小さな両手を胸の前であわせ、嬉しそうに目を輝かせた。

他愛のない会話に、まわりの家臣たちは、この親子の行く先に思いをはせて、胸を締めつけられた。

忠直にとっては、万感を残して離れる父の遺領であろうに、当の本人に屈託がないことが、家臣たちにとってせめてもの慰みだった。

茶店の主人が、

「失礼ながら……」

と恐縮し、盆にのせた甘酒を忠直に運んできた。

忠直は手ずからこれをうけ、一口に呷《あお》ると、

「旨い。もう一杯あるか」

と、主人に所望した。

主人は嬉しそうに背をかがめ、

「へい、ござります」

奥からあらたな甘酒を運んできた。

「良き甘酒じゃ。馳走になった」

忠直は茶店の主に礼を述べると駕籠に入った。

道は下りにかかった。

西の空にひと刷毛の雲がなびき、残照に赤く染まっている。

やがて木々の間に、夕映えの敦賀の海が見えかくれしてきた。

街道の家並みに灯がともるころ、行列はようやく敦賀の町に着いた。

敦賀代官が忠直を出迎え、宿の永昌寺に案内した。

「迎え、大儀」

忠直が代官に声をかけた。

ここ敦賀は、父の代に敦賀城代清水孝正が治めていたが、忠直の代になってから幕府の一国一城令が出され、敦賀城は破城となった。

このため、いまは越前松平家の領治代官が置かれていた。

忠直は敦賀にひと月あまり滞在した。

その間、父の菩提寺である北庄の孝顕寺から三陽和尚を敦賀に招き、父の木像（浄光公像）を永昌寺に迎えて供養を行い、父秀康と最後の別れをした。

父との別れを催したことで、忠直の気持ちにも区切りがついた。


――敦賀を立つ日。

忠直の、大名としての行列はここで解かれ、行列に加わった家臣たちはすべて越前に引き返す。

ここから豊後までは、科人《とがにん》としての旅となる。

幕府の命により、男の供回りや小姓はひとりも許されない。

許されたのは、側室、娘、妾と二十数人の侍女たちばかりだった。

それに、牧野伝蔵と配下の護送吏三十余人。わずか五十余人となった。

ただ、忠直の請いによって、料理番の小兵衛太という若い男が列に加わることが許された。

――こうして。

越前六十八万石の太守《たいしゅ》
従三位参議《じゅうさんみさんぎ》
左近衛権中将《さこんえごんのちゅうじょう》

という身分を落とされ、一介の法体《ほったい》として、しかも流罪人となった忠直は、幕府の監察吏に護送され、敦賀を立った。

この先は、京を経て、大坂から海路をとって、豊後へとむかうことになる。

一行が、西近江路《にしおうみじ》街道の七里半越《しちりはんごえ》の途中にある、山中峠にさしかかったころから、旅人の中に身を隠すように着いてくる、目つきの鋭い男たちがいるのを、料理番の小兵衛太は感じとっていた。

第二章　越前火の舞

1　北庄入り

――話は前後する。

文禄四年（一五九五）六月十日。

摂津国東成郡生魂《せっつこくとうせいぐんいくたま》（現大阪市東成区）の結城屋敷において、色白で健康そうな男の子が生まれた。

幼名仙千代。長じて松平忠直となる。

父は徳川家康の二男結城秀康《ゆうきひでやす》、母は中川氏（清涼院）。

仙千代は、家康の初孫として誕生した。これは徳川家にとって大きな慶事だった。というのも。秀康の兄で徳川家の嫡男であった信康《のぶやす》は、母の築山殿《つきやまどの》（瀬名姫）とともに、織田信長の命によって命を奪われた。

その理由《わけ》は。

家康の正室築山殿は、駿河の名門今川義元《いまがわよしもと》の姪だったが、信康の妻徳姫は信長の娘だった。犬猿の仲である信長と今川の血脈が、徳川家の中で姑《しゅうとめ》と嫁《よめ》であったからたまらない。

築山殿と徳姫はともに見識が高く、何事においても意見が合わずに衝突していた。

これには家康もつねづね頭を抱えていたが、あるとき、徳姫が父信長に宛てた手紙が物議をかもすこととなる。

徳姫の手紙には、恐ろしいことが書かれていた。

築山殿と甲斐の武田勝頼《たけだかつより》が、密かに通じているという内容だった。

これを読んだ信長は激怒した。

信長と甲斐の武田とは、まさに雌雄を決していたときだけに、盟友徳川家の中に武田に通じた虫がいることは、信長にとってとうてい許されることではなかった。

家康が裏切り、今川と手を結んで武田方に与《くみ》すれば、信長にとっては致命傷となる。

信長は、家康に命じて築山殿の誅殺と、信康の切腹を迫った。

家臣たちが泣いて諫《いさ》めるのを押し切り、家康は信長の命に服した。

家康、苦渋の選択だった。

このために、徳川家にとっては庶子ながら、秀康が徳川家の長子となった。

ところが、

信長が本能寺で命を落としたあと、信長の継承者を自認する羽柴秀吉《はしばひでよし》は、柴田勝家を倒し、やがて最大の勢力である三河の家康に牙を剥いた。

この衝突が小牧・長久手の陣である。

両者とも決着をつけることはできなかったが、形勢は徳川方に有利に終わった。

このため、秀吉は和睦の条件として、家康の長子となった於義丸《おぎまる》（秀康）を羽柴家の継嗣とすることを提示してきた。

継嗣とは聞こえはよいが、体のよい人質である。

それでも、天下取りを心の奥底に秘めた家康でさえ、彼我の力量を考えれば秀吉の力は無視できず、結局、家康は秀吉の提示を呑んだ。

こうして於義丸は秀吉の養子として差し出された。十二歳の時だった。

秀吉は於義丸を可愛がり、元服させて、自分の「秀《ひで》」と実父家康の「康《やす》」の名を一字ずつとり、「羽柴三河守秀康《はしばみかわのかみひでやす》」を名乗らせた。

だが、のちに側室淀の方《よどのかた》（浅井長政とお市の長女茶々姫）との間に鶴松が誕生すると、秀吉は生後四ヶ月の鶴松を豊臣（羽柴改姓）家の継嗣と決めた。

このため、秀康は下総国結城の名門結城晴朝《ゆうきはるとも》（十一万一千石）のもとへふたたび養子に出され、結城家を継いだのである。

――慶長五年（一六〇〇）九月。

関ヶ原の合戦がはじまり、戦後処理によって越前六十八万石（「徳川実記」七十五万石）を与えられた経緯についてはすでに述べた。

このとき、秀康は父の家康から「松平」の姓を名乗らされた。秀康二十七歳の時である。

松平は、家康の父祖以来の由緒ある名である。

しかし、「徳川」を名乗らせなかったことには、そこに家康のしたたかな魂胆があった。

次期将軍には、秀康ではなく、弟の秀忠とすることを、すでに決めていたのである。

秀康は、気骨ある武人である。父からもらった松平姓を名乗らず、養家結城に恩義を感じて、結城姓を変えなかった。

――慶長六年八月。

七歳となった忠直（仙千代）は、母とともに北庄に移った。

それまでは、江戸城にあって、将軍である叔父秀忠の側に仕えていたが、秀忠は、徳川宗家にとっても頼もしい存在である忠直を愛でた。

秀忠は、ふたたび越前から忠直を江戸城に呼び寄せ、側に置いた。

そんな折、秀康が三十四歳の若さで病没した。

このため、忠直は父の遺領である越前六十八万石を継ぐことになった。

――慶長十二年（一六〇七）五月。

忠直は、駿府城の大御所家康にあいさつしたあと、十三歳の若き領主として北《きたの》庄《しょう》に入った。

越前は治めるに難しい土地柄である。

かつては、石山本願寺と結んだ一向衆が大規模な一揆を起こした。

また、大きな勢力を誇る総持寺と永平寺の二大宗門を抱える。

さらに、家中をみても、他の大名家にはない松平家独特の制度がある。それが「支城制」と呼ばれるものである。

越前一国の中に、高禄を食《は》む城持ちの重臣たちを多く抱えているのである。いうなれば、松平家は、家中に多くの大名を抱えていることになる。

若い忠直は、太守としてこの難しい領国を統治しなければならないのであり、前途は多難だった。

越前藩主として父の葬儀を執り行い、四年後には秀忠の三女勝姫（勝子）と結婚した。

忠直十七歳、勝姫十一歳のときだった。ふたりは従姉妹《いとこ》同士の結婚であり、勝姫の母はお市の三女江《ごう》の方《かた》である。

そのころ来日していたスペインの探検家セバスチャン・ビスカイノは、その著「ビスカイノ金銀島探検報告」の中で、勝姫の北庄入りの模様について、つぎのように触れている。

「新婦勝姫は、駿河においてその祖父（家康）から祝福を受けるため、十月十日（慶長十六年九月五日）江戸を立った。一行は警衛の武士、僕婢ら四千人の多数にのぼり、家具等を運ぶ馬匹は千五百頭を超えていたが、行列はきわめて静粛だった。四十人の侍女たちは金銀の装飾を施した輿《こし》に乗り、新婦の乗った輿は特別に美麗だった。四人の顧官（老中土井利勝ら）が随伴した」

将軍家の姫の嫁入りとして、貴重な記述である。

一行は、九月二十六日に北庄に入った。

勝姫の随伴者たちには城下に家が与えられ、その界隈は江戸町と呼ばれた。

忠直にとって望んだ結婚ではなかったが、婚礼に先立ち、忠直は家康の元を訪れ、家康とともに宮中に参内して、左権衛少将《さこんえのしょうしょう》に昇叙《しょうじょ》された。

忠直は他の大名のように江戸城の城外に屋敷を持たず、江戸に参府するときは直接江戸城内に入った。

他の大名が従わなければならない幕府の掟にも、従わなくてよいというものであり、それゆえ「制外の家」と呼ばれた。徳川一門の中にあっても、格別な家柄なのである。

これもみな、人のよい将軍秀忠の、兄秀康に対する負い目からのものであろう。長幼の序からすれば、兄秀康が将軍の座に就くべきを、弟の自分が就いた。苦労を重ねた兄に対するすまなさが、越前家への格別な扱いとなっている。

それに比べ、家康の考えは違っていた。

家康が天下を治めるまでの辛苦は、筆舌に尽くしがたいものがある。

一族、家門の私情より、将来にわたって徳川家と幕府をいかに盤石なものとするか。そのことに尽きるのである。

秀康は、豊臣家、結城家と二度にわたり養子に出たが、養子先における秀康の人気と信頼は絶大だった。ことに、西国外様大名の多くが秀康を慕っている。

これは家康にとって脅威であり、たとえ我が子といえども警戒しなければならない。

将軍を継ぐのは、秀忠であり、その子家光でなければならない理由がそこにあった。

——忠直が越前に入ってから四年目。

越前松平家でお家騒動が起こった。のちにいう「越前騒動」である。

越前の家臣団には、本多派、今村派というふたつの勢力があった。

本多派の首領は、府中（三万九千石）城主で主席家老の本多富正《ほんだとみまさ》。

富正は、秀康が豊臣家の養子として大坂入りしたとき、秀康に随行した徳川系の宿老だった。

一方、今村派の首領は丸岡（二万五千石）の城主で次席家老の今村盛次《いまむらもりつぐ》だった。

盛次は、秀康が召し抱えて重く用いた武将だった。

盛次は、淀殿の実家である浅井家の家臣であったことから、幕府は盛次を嫌っていたが、家臣の多くが武闘派の盛次を支持していた。

このため、徳川幕府の代弁者である富正とは反りが合わず、事あるごとに対立し、衝突していた。

若い忠直に、これら百戦錬磨の宿老たちを統制する力はまだ備わっていなかった。

今村派は本多派の追い落としをねらってあれこれと画策していたが、そんなとき、「久世騒動」と呼ばれる騒ぎが起こった。

事のはじまりはささいなことだった。

父の秀康が寵愛した家臣に、久世《くぜ》但馬《たじま》という老臣がいた。

久世はもと佐々成政の家臣であったが、のちに秀康に仕えた武将である。

父の秀康は常々、

「父（家康）から関ヶ原の折の感状を賜ったこと、越前六十八万石を与えられたこと、知将の久世但馬を召し抱えたこと。この三つが予の大きな喜びじゃ」

と語っていた。

あるとき、その久世但馬の領地の女が、町奉行岡部自休《おかべじきゅう》の領地の男に嫁いだが、ある日、何者かに放火され、一家が焼き殺されるという事件が起きた。

――なぜか。

じつはこの女、岡部領の男に嫁ぐ前、久世領の男と結婚していた。

しかしこの夫が、

「五年ほど遠くの地へ出稼ぎに行ってくる。五年たってもどらないときは、他の男のもとへ嫁いでもよい」

と言い残して、家を出た。

五年の間、孤閨《こけい》に耐えた女は、約束の五年が過ぎ、さらに八年が過ぎてから、とうとうあきらめて岡部領の男の許へ再嫁した。ところが、十年たってからもどってきた元の夫が再嫁した女をはげしくなじった。虫のよい話ではある。

そして数日後に、女が再嫁した家が戸を釘付けにされたうえ、夜に乗じて放火され、夫婦、犬、鶏までが焼き殺された。

そのうえ、火事に気づいて表に飛び出し、火を消そうとした隣家の者が、何者かによって斬り殺されてしまった。
　ここから、この事件はややこしくなり、大きな騒動へと発展することになる。

2　越前騒動

　町奉行である岡部自体は、自領内で起きた放火、殺人事件によって面目を失い、多額の賞金を賭けて、下手人探しに躍起になった。

「なにがなんでも下手人を暴き出し、早々に引き立てよ」

　岡部は配下を総動員し、犯人探しに血《ち》眼《まなこ》になった。

この事件は、たんに百姓夫婦の三角関係のもつれにとどまらず、家中を二分する家臣団抗争の導火線となった。

それというのも、久世但馬は本多派の筆頭格であり、岡部自体は今村派の筆頭格として、それぞれ両派を牛耳っている者同士であったから、たかが夫婦のもつれから発生した事件とはいえ、互いに看過できなかったのである。

しかも、事件の最中に、久世家の下僕が、

「この事件は、久世家の家士野々村十右衛門の命令でやった」

と、岡部のもとへ密告したから、いよいよ騒ぎは大きくなった。

岡部はこの下僕をとらえて監禁したが、隙を見て逃げた下僕が、同じ本多派の家老牧野易貞の家に駆け込んで、助けを求めた。

岡部は牧野に対して、再三にわたり下僕の引き渡しを求めたが、牧野は、

「たとえ下僕といえども、庇護を求めてわが翼の内に飛び込んできた鳥を放すわけには参らぬ」

と、これを頑《かたく》なに拒んだ。

みかねた同派の竹島周防が、牧野から下僕の身をもらいうけ、首を刎《は》ねた。

久世は、

「下手人と言われているわが家の野々村十右衛門は、いずれかへ逐電《ちくでん》してしまって

行方知れず」

と主張し、事件を収束させようとした。

だが、納得いかないのは岡部自休である。

政敵である久世の家士に自領の百姓が惨殺された挙げ句、事件を本多派によって丸め込まれてしまった。

——奉行としての面目が立たない。

岡部は、事件の裁定を藩主忠直に訴えた。

忠直には、母方の伯父である中川出雲守が側にいる。

岡部は、今村派と目されている中川に取り入って、忠直を動かそうと画策した。

忠直もまた、徳川の息のかかった本多派より、父が重用《ちょうよう》した西国や結城系の家臣が多い今村派への思い入れが強かった。

中川出雲の強い意向を入れ、忠直は深く審問することもなく、久世但馬に切腹を命じた。

若干十七歳の藩主忠直に、老獪《ろうかい》な重臣たちの権謀や思惑までを斟酌《しんしゃく》させることのほうが酷であるといえよう。

しかし、先代秀康に可愛がられ、その恩に報いるために命を張って幾多の戦場を駆け抜け、今日の越前藩を築いてきたという自負を持つ久世にすれば、

「はい、承知」

と、忠直の切腹命令を易々とは受け入れられない。

なにより、岡部の罠にまんまと掛かってしまったことが口惜しい。

久世は忠直の命を拒絶した。

女と子供を早々に逃がし、自邸に立て籠もって、家士百五十人とともに徹底抗戦の構えを見せた。

これもまた今村派による陰の工作と思われるが、忠直は、本多富正を久世征伐の大将に命じた。

本多派の首領に、同派筆頭格久世の討伐が下ったのである。

本多富正はやむなく、自城から軍装の家士二百人を呼び寄せ、久世の邸を囲んだ。

その外周には、今村と岡部の兵がさらに囲っている。

本多は単身久世の邸に入った。最後の説得のために。

「久世どの、ここは武備を解いて、殿に詫びを入れてはどうじゃ」

本多は懇々と説いた。

「本多どの、お言葉はありがたいが、それでは武門の名が立たぬ」

「武名も大事。されど、せめてお家は残さねばなるまい」

「なんの。事ここに至っては、もはや術なし。誅さるれば籠する。武門の習いよ。

それにしても、今村めの罠に掛かったわ、不覚でござった」

久世は盟友本多の説得にも応じなかった。

こうして、越前松平家の家臣同士による凄まじい内戦がはじまった。

およそ半日の攻防によって、久世はついに自刃して果てた。

この死闘による戦死者は、双方で二百人を超えた。

また、戦の最中に、家士を指揮していた本多富正が銃撃されて負傷した。

撃ったのは久世方ではなく、後方を囲っていた今村派の大将多賀谷左近の家士が、乱戦に乗じて本多を狙ったとは、もっぱらの噂であった。

北庄城下で起こった越前火の舞は、幕府の威令があまねく天下に届いているとき、御家門筆頭格の松平家にとって、重大な失態となった。

だが、この騒ぎを聞きつけた家康は、内心にやりとした。


——慶長十七年十一月。

家康は、越前から騒動の当事者である主席家老の本多富正と、次席家老の今村盛次、宿老の清水丹後を江戸に呼びつけた。

大御所家康は駿府からわざわざ江戸城に出向き、自らこの騒動の裁決にあたった。

江戸城書院。

本多と今村は、長い間畳に頭をこすりつけて平伏している。

そこへ家康が現れた。

「こたびの騒動、天下にあまねく嗤《わら》いものとなったぞ」

「申し訳ございませぬ」

本多も今村も震えている。

「越前には、万石を食《は》む家老どもが雁首を並べおって、なんたるざまよ」

「……」

「伊豆、存念あらば申してみよ」

「申し開きもござりませぬ」

「大炊はどうじゃ」

「面目なき始末。恐れ入りまする」

ふたりは肩をすぼめ、ただただ恐縮した。

家康の裁決は、今村派に対して厳しいものだった。

しかも、有無を言わせぬ断罪となった。

今村大炊守盛次以下、岡部自休、谷野伯耆守、広沢兵庫守、清水丹後守ら今村派の家老たちは、ことごとく越前から追放された。

また、今村派に与《くみ》した忠直の伯父中川出雲守は、配流のうえ失脚した。

一方、本多富正はお構いなしとされた。

さらに、今村に代わり、三千石の旗本本多成重《ほんだなりしげ》が、いきなり丸岡四万石を与えられて、越前松平藩の次席家老に抜擢された。

秀康が召し抱えた多くの家臣たちが越前を去り、北庄城は家康の息のかかった両本多が執政となった。

家康は両本多に対し、

「中将が後見、よろしくつとめよ」

と励ました。

家康の肝《はら》は明らかだった。

越前騒動は、家康に願ってもない口実を与えてくれた。

越前藩の中にいる口うるさい親豊臣の家臣どもを一掃し、加えて領地没収も叶った。なによりである。

——余談ながら。

あらたに次席家老となった本多成重と本多富正はともに四十歳。しかも、従兄弟の間柄だった。

成重の父は、三河三奉行と称せられた徳川譜代の武将で、「鬼作左《おにさくざ》」の異名をもつ本多重次《ほんだしげつぐ》（作左衛門）である。

作左についてはいろいろな逸話《いつわ》が残る。

家康が正室の築山殿にかくれて、築山殿の侍女であった於万《おまん》に手をつけ、秀康をみごもらせた。家康は築山殿の怒りを避けるため作左に相談し、作左が於万を自分の屋敷に匿《かくま》ったのである。

また、家康が秀吉の要請をうけて上洛した折、その返礼にと秀吉は母の大政所《おおまんどころ》を人質として江戸に送った。

ところが、作左は江戸城内の大政所の居間の周りにうず高く薪を積み上げ、京の上様（家康）に万一のことがあったら大政所を焼き殺すと、天下様である秀吉を脅してみせたのである。いかにも作左らしい破天荒な仕業である。

この作左が若い頃に、戦場から妻へ宛てた手紙は、「日本一短い手紙」として現《い》代《ま》なお語り継がれている。

──一筆啓上火の用心　お仙痩《や》さすな　馬肥やせ
ここにいうお仙は、仙千代。すなわち、のちの本多成重のことである。

そんな作左も、大政所の一件以来、秀吉に叱られて上総《かずさ》（千葉県中部）、下総《しもうさ》（千葉県北部・茨城県南西部）へと蟄居させられてもいる。

作左の兄は本多重富《ほんだしげとみ》。富正の父である。富正は幼少の頃、作左に育てられたともいわれている。

越前騒動は、忠直の心に深い疵《きず》を残した。
宿老たちに牛耳られていた藩政に、自分の無力を感じた。

第三章　大坂夏の陣

1　淀殿の怒り

――慶長十九年十月。

駿府に君臨している家康が、とうとう全国の大名に大坂追討令を発した。

いまや豊臣家は六十五万石の、一介の大名にすぎず、徳川幕府に組み込まれた存在でしかない。

それでも、淀殿と秀頼母子は徳川に抵抗し続けていた。

両者の間には、さまざまな駆け引きがあり、互いに使者を派して自らの正当性を主張し合っていたが、家康はとうとうしびれを切らした。

大坂方に対して最後通牒をおこなった。

――その内容は。
○秀頼を江戸へ参勤させること
○淀殿を人質として江戸へ差し出すこと

○秀頼は国替えに応じて大坂城を退去すること

大坂方にとってはあまりにも理不尽な要求だった。

当然のことながら、大坂はこれを拒絶した。

悲しいことは、関ヶ原以降、豊臣股肱の大名たちがこぞって徳川方に靡《なび》いてしまったことである。

石田《いしだ》三成《みつなり》を失ったいま、豊臣家を支える武将は、木村重成、堀田盛高、大野治房、中島氏種、毛利勝永、仙石秀範。そして、真田信繁（幸村）など、数少ない。

家康と渡り合えるほどの、知謀者がいないということである。

大坂方の要求拒絶は、家康にとっては想定内のことであり、家康が描く豊臣つぶしの筋書きのひとつにしかすぎない。

家康は関ヶ原ののち、大名たちの財政を削ぐため、天下普請と称してあちこちの城の修復と再建を押しつけた。

また、関白の追善供養を名目に、莫大な財を費消させるため、畿内の寺社建立と修復を、一手に豊臣家に押しつけた。

そのひとつに京都東山方広寺《ほうこうじ》の再建があった。この寺は、かつて秀吉が建立したものであるが、地震によって崩壊し、そのまま荒れていた。

家康は秀頼にこの寺の再建を命じていたが、その修営も終え、いよいよ鐘楼《しょうろう》の梵鐘《ぼんしょう》に銘が刻まれた。

――そこには。

「国家安康」「君臣豊楽」

の文字が刻まれていた。

この銘に家康が噛みついた。

この文字を起草したのは、豊臣家とつながりの深い南禅寺の僧清韓《せいかん》だった。

しかし、南禅寺には家康の顧問僧である崇伝《すうでん》がおり、清韓と崇伝は豊臣と徳川に政治的な影響力を持っていたことから、常に対立関係にあった。

崇伝の入れ知恵があったかどうかは定かでないが、焚鐘の文字に「国家安康」と刻んだのは、家康の諱《いみな》を不吉にも「家」と「康」とに分断しており、さらに「君臣豊楽」は豊臣家の繁栄を願うものである。これは家康を冒涜《ぼうとく》し、徳川家滅亡を願った呪詛《じゅそ》である。

噛みついた理由である。

これはもう立派な言いがかりである。

清韓は、

「さにあらず。家康公の御名《おんな》を隠し題として、国家安寧を願ったものである」

と必死に弁明したが、京都五山の僧侶たちまでが口をそろえて、

「家康公の諱を避けなかったのは、まことに不吉、不敬である」
と、清韓を糾問《きゅうもん》した。
家康はこれを口実に、豊臣家は幕府に反逆の意図ありとして、大坂方に宣戦布告した。
かつて越前秀康は、
「もし幕府方が大坂に攻め入れば、わしは堂々と大坂城に入り、豊臣家を守る」
公言して憚《はばか》らなかった。
その秀康もいまはいない。
家康にとって豊臣家をつぶす千載一遇のときが、ようやく訪れた。
――怒りに震えている。
大坂城の淀殿である。
男たちの欲望と功名、権謀と術数。
その陰で、淀殿は数え切れないほどの地獄を見てきた。
実父（浅井長政）と養父（柴田勝家）が秀吉に殺された。
殺したいほど憎い秀吉だったが、秀吉の前に体を開いた。

毛嫌いしていたその秀吉の側室となり、秀頼をもうけた。
それもこれも、男と同様に力をつけ、浅井、柴田のあだを討ち、耐えてきた怨念を晴らすために、男たちへの復讐と戦を根絶するためだった。
それがまた、伯父信長の示した天下布武というものであろう。
その方便として秀吉を好餌《こうじ》としたにすぎない。

秀頼の室千姫は、将軍秀忠の娘であり、妹江《ごう》の娘である。

天下人太閤の側室として、いままた太閤秀頼の生母として、大坂城に君臨する女主《おんなあるじ》として、絶大な権力を手中にした。

女ながらに夢を叶え、そのすべてを思

うがまま操れるようになった矢先、またしても家康という大きな壁が立ちはだかった。

――また戦がはじまる。

今度の戦は、淀殿と家康の対立から生じた戦であった。

十月十五日。

越前の松平忠直は、兵一万五〇〇〇を率いて北庄城を立った。

十一月七日には大坂住吉の本陣に到着し、先鋒隊は生魂《いくたま》黒門地に陣を敷いて大坂城を囲んだ。

総大将の忠直二十歳。ともに参陣した弟の忠昌十八歳、直政にいたっては十四歳の初陣だった。

家康は、大坂攻めに十五万の大軍を送り込んだ。

一方の大坂方は十万。しかも、その兵は諸国の浪人を金で雇った寄せ集めだった。

名だたる武将といえば、大坂方にあって「五人衆」と呼ばれている真田幸村《さなだゆきむら》、長宗我部盛親《ちょうそかべもりちか》、後藤又兵衛《ごとうまたべえ》、毛利勝永《もうりかつなが》、明石全登《あかしたけのり》である。

関ヶ原ののち、家康から取りつぶされた外様たちで、徳川に恨みをもつ者たちである。

これらの者が軍監として兵をまとめている。

だが、これらの者の間でも、大坂城にこもって戦うべしと主張する籠城派と、近江あたりまで進軍して戦うべしと主張する武闘派に割れている。

結局、豊臣家宿老の大野治長の裁定により、籠城と決まった。

家康は、大坂城を完全に包囲したが力攻めはせず、城外の砦をことごとく落としたあと、国友大砲やイギリスから購入したカルバリン大砲を使い、大坂城本丸に向かって数百発の弾丸を撃ちかけた。

凄まじい大砲の音は、殷々《いんいん》と京洛まで届いたという。

これには秀頼も淀殿も、そして籠城の雑兵たちも震えあがった。

――結局。

この陣では、出城や砦の攻防戦はいくつかあったが、のちに上杉景勝の侍大将で歴戦の猛者《もさ》である水原親憲《すいばらちかのり》が、

「こたびの戦は子供の石合戦。花見同然の合戦じゃ」

と揶揄《やゆ》したように、明日のない戦を転戦してきた武辺者の水原の眼には、大軍同士が衝突した戦にしては子供だましのように映ったのであろう。

2　古今無双

――忠直率いる越前軍はどうであったか。

まったく良いところがなかった。

十二月四日。

忠直率いる越前軍は、右側に井伊直孝《いいなおたか》軍、左側に藤堂高虎《とうどうたかとら》軍を従え、真田砦《さなだとりで》（真田丸）の前方に陣を張った。

真田砦は大坂城のもっとも守りの弱い南方の、外堀のさらに外側に築いた砦で、守将は、かの真田信繁《さなだのぶしげ》（幸村）である。

この日、大坂城玉造口の櫓から火の手が上がったときを合図に、いっせいに真田砦を攻撃する作戦だった。

というのも、玉造口の城将南条光明は、藤堂高虎に通じて大坂方を裏切り、自らが守る玉造口の砦に火を放ち、これを合図に藤堂が玉造口から城内に突入する、という密約を結んでいた。

大坂方はこれをいちはやく察知し、南条を殺して密約を逆手にとった。

火の手を見た藤堂軍は、凄まじい勢いで玉造口に突進した。

これを見た越前軍の本多富正・本多成重、弟忠昌、直政の諸隊が軍命を待たずに、加賀の前田軍と戦陣を争って真田砦を襲った。

ところが、真田砦に待ち受けていた大坂軍は、いっせいに鉄砲、弓を撃ちかけた。越前、加賀両軍はさんざんに狙い撃ちされ、玉造口の藤堂軍も袋のネズミとなって打ち負かされた。

この状況に総大将の秀忠は、全兵の撤退を命じた。

越前軍が退く中で、十四歳の直政とその旗本は、真田砦の堀に乗り込み、底を下って木戸際まで攻め寄った。

これを眺めていた幸村は、

「あの勇ましい若大将はだれじゃ」

側近に尋ねた。

それが越前の直政だと知ると、

「おお、さすがは越前中将公（秀康）の御子よ。武者ぶりは兄共々見事なり」

こう叫んで勇気を称え、手にしていた軍扇を砦の上から直政に投げ与えた。

その夜、軍命を待たず、功名に走って真田砦に進軍したことを、忠直は家康にこっぴどく叱られた。

戦闘は止み、徳川、豊臣　双方は和議を結んだ。
──和議の条件は。
○本丸を残し、二の丸、三の丸は破却し、外堀、内堀を埋める
○秀頼と淀殿は関東へ下向しなくてもよい
○籠城中の浪人は不問
おおむね、そんな内容だった。
十二月十九日。
徳川軍は、和議の条件に従って大坂城の外堀を埋め、二の丸、三の丸を打ち壊した。
正月。徳川軍は囲みを解き、「冬の陣」は終わった。
家康は、豊臣家を滅ぼすことをあきらめたわけではない。
予想以上に堅牢な大坂城と、寒さと長期戦を避けるため、一時休戦としただけである。
大坂城を丸裸にして、次を狙った。
──一方の大坂方は。
城内の評議で主戦派と穏健派が対立した。
主戦派は和議の条件である総堀の埋め立てを不服として、内堀をふたたび掘り返

してしまった。

これは家康の読みどおりだった。

改元の元和元年（一六一五）四月。

家康は、

――大坂方に不穏の動きあり。

として、ふたたび大坂追討令を発した。

前月には、大坂方に対して、
○秀頼は大坂城を出て大和か伊勢に移ること
○大坂城に召し抱えている五万の浪人を解雇すること
という厳しい条件を大坂方に突きつけていた。

とても飲める条件ではない。

大坂方がこれをすべて断ると、家康は十五万五千の兵を動員した。

一方の豊臣方は、浪人の解雇などもあり、籠城兵は七万八千にまで減少していた。

ここに、徳川と豊臣の最終決戦となる大坂「夏の陣」がはじまった。

五月六日の「道明寺・誉田の戦」で戦端がひらかれた。

同じ日、「八尾・若江の戦」において、豊臣方の木村重盛、長宗我部盛親連合軍の待ち伏せに遭った藤堂高虎軍は大きな被害を受けた。

藤堂軍の近くにいた越前軍は、先の冬の陣で軍令違反を叱責されていたから、藤堂軍の応援に向かわず、じっと軍命を待っていた。

その夜の戦評定において、家康は、

「明朝の総攻撃では、天王寺表の先鋒は越前少将忠直。岡山表の先鋒は加賀少将利常（前田）とする」

と下知した。

だが評定の前、家康は越前軍の本多富正と本多成重を呼びつけ、

「今日の戦で、井伊、藤堂などが苦戦しているとき、おまえたちは昼寝でもしていたのか。大将は乳臭く、おまえたちは腰抜けばかり。この分では、明日の戦も越前軍はこころもとない。明日の功名はもっぱら前田利常の手に落ちるだろう」

越前の宿老ふたりを厳しく詰《なじ》った。

家康の言葉を両本多から聞いた忠直は、体中の血が逆流するほどに、怒張《どちょう》天を突く思いにかられた。

軍令を守って、自ら戦いをはじめなかったのに、家康の言葉はあまりにも理不尽である。

忠直はすぐに将士を集め、

「わが武勇、どうして利常（前田）なんぞに劣ろうや。このような恥辱をこうむっ

て、どうして面目が立とうや。すべてのわが兵士は、明日こそ屍《しかばね》を戦場に曝《さら》して、今日の汚名を雪《そそ》ごうではないか。嚮導《きょうどう》（先導）はもっぱら修理（吉田）に任せるぞ」

檄をとばした。

「おおー」

地を鳴らすようなどよめきが起こった。

越前の将士は、生きて越前の土を踏まぬ覚悟をきめた。

秀康に仕える前は豊臣秀次の家臣だった吉田修理好寛《よしだしゅりよしひろ》（越前南江守一万四千石城主）は、大坂の地の利を熟知している。

「この修理が嚮導となれば、どうして人に遅れをとりましょうや」

と、忠直に軍令破りの抜駆《ぬけが》けを献策した。

――五月七日早朝。

吉田修理に先導された忠直軍一万五千は、軍令を破り、どの軍よりも早く大坂城の南方、天王寺口に陣を張った。

忠直は立ちながら悠然と湯漬飯《ゆづけめし》を腹に流し込んだあと、全軍にむかって、

「もはや皆々満腹なれば、討ち死にしても餓鬼道《がきどう》に堕ちることはないぞ。死出の山を越えてただちに閻魔庁《えんまちょう》に撃ち入るべし」

と叫び、馬に跨って茶臼山をめざした。

越前軍は徳川の諸隊を追い越しながら、隊伍をととのえた。

茶臼山の前方には、真田隊が鶴翼《かくよく》の陣を敷き、その前方に毛利勝永の先駆隊が迎撃の態勢をととのえている。

遠目にも、真田信繁率いる真田隊の紅の旗や吹貫《ふきながし》が、まるでツツジ畑のように威勢を誇っている。

徳川軍の左翼である忠直の越前軍は、真田隊にむかっておよそ十丁（約一キロメートル）ほどの間で、同じく鶴翼の陣で対峙《たいじ》した。

ただ、越前軍の前に本多忠朝《ほんだただとも》（上総大喜多五万石）、浅野長重（のちの笠間藩主）、秋田実季（のちの常陸宍戸藩主）らの先駆隊が並んでいた。

本多忠朝も冬の陣の際、家康に「役立たず」と叱責されたひとりであり、まったく戦功をあげることができなかったから、この戦で雪辱を果たそうと、命がけで参戦していた。

徳川軍の右翼である前田利常の加賀軍は、岡山口に陣を張った。その前方には布施伝右衛門、新宮行朝隊が迎撃態勢をとっていた。

徳川軍十五万、豊臣軍五万。戦国最後の合戦は、正午ころ、徳川軍の本多忠朝隊が前方の毛利勝永《もうりかつなが》隊に鉄砲を撃ちかけ、これに毛利隊が応戦する状況から始まった。

この銃撃戦を合図に、全軍の戦端がひらかれた。

越前軍の右翼先手は、
本多成重、山本内蔵助、多賀谷左近、笹治大膳、高屋越後守、萩田主馬。

左翼先手は、
弟忠昌、直政、本多富正、吉田修理、山川讃岐、落合美作。

忠直は馬上から、

「かかれ！」

と采を振った。「ウォー」という地鳴りにも似た雄叫びがあがり、越前軍が動きはじめた。

前方の先駆隊同士の争いは、すでに阿鼻叫喚の中、凄惨な斬り合いになり、鶴翼の陣備えは乱れて大混乱となった。この戦における双方の火力は、戦国史上に類をみない。

混戦の中、吉田修理のみごとな先導によって、越前軍は茶臼山の麓にたどりつき、丘の上の真田隊に八百丁の鉄砲を撃ちかけた。

赤備えの真田隊も、越前軍に真正面から立ちむかってきた。

「かかれ、かかれ！　一歩も退くな」

馬上から叱咤する忠直の怒声に、越前の将士は猛然と真田隊に突進した。

だが、さすがは勇猛でなる真田兵。馬上の信繁を先頭に、越前軍の中央を割り裂いた。

信繁には、この戦に賭ける秘策があった。

毛利勝永隊とともに家康本陣を突き、明石全登《あかしたけのり》の騎馬隊を迂回《うかい》させ、真田、毛利隊と明石隊で家康本陣を挟撃し、総大将家康の首を討ち取る作戦だった。

――ところが。

本多忠朝隊と銃撃戦になった毛利隊は大混乱に陥り、明石隊もこの混乱の渦に巻きこまれて動きがとれず、信繁の秘策も打てなくなった。

真田に突き破られた越前軍を見た徳川の諸隊が、これまた軍令を破って茶臼山に押しかけたため、家康本陣の固めが手薄となってしまった。

この混戦の中にあって、さすがは百戦錬磨の真田信繁。その状況を見落とさなかった。

混乱の中に好機がうまれたのである。

「狙うは家康の首級《しるし》ひとつ。かかれ！」

信繁は越前軍を蹴散らし、むかってくる徳川の兵を斬り倒しながら、一目散に家康本陣に突き進んだ。それを見て、毛利、明石の兵も真田隊につづいた。

この勢いに、徳川の屈強な家臣で組織された家康の旗本もたじろぎ、本陣が乱れた。

のちに家康自身が、

「さすがは真田の赤備え。わしゃ、死ぬかと思うたぞえ」

こう語ったとか……。

たしかに、このときの混乱で家康の馬印が倒されている。総大将の馬印が倒されるというのは尋常ではなく、家康がそう思ったとしても不思議ではない。

後退する家康と旗本の一団に、鬼の形相をした信繁が追いすがる。

――そこへ。

態勢を立て直した越前兵が、後方から真田隊を猛然と追ってきた。

越前軍は、真田、毛利、明石の隊に割って入り、これをさんざんに蹴散らした。

信繁の手が、もう一歩で家康の首にかかりそうになったとき、越前鉄砲組の西尾《にしお》仁左衛門《じんざえもん》（宗次《むねつぐ》）が信繁に踊りかかり、ついに首を刎ねた。

その勢いをかって、反転した越前軍は大坂城黒門から城内になだれ込み、城兵三千をことごとく討ち取って、大坂城一番乗りを果たした。

忠直は茶臼山に前進した家康宛に、

――忠直、只今城を乗っ取り、火を放ち候間。ご安心成さるべき。

こうしたためて届けた。

一番乗りの功労者は、大坂城に詳しいために先導役をつとめた吉田修理である。
前日の軍議で、
「あすの戦は軍令を破り、わが越前軍は先陣を切るべし」
と忠直に強く献策した。
その吉田が、軍令破りを一手に背負い、天満橋から馬ごと入水して果てた。
―　五月八日。
大坂城の淀殿、秀頼母子も、自刃して果てた。
ここに大坂城は落城し、夏の陣は徳川方の勝利で幕を閉じた。
この日の越前軍の働きぶりは、のちに大坂や京洛の人々が歌にするほどであった。
掛レカカレノ越前衆

タンダ掛レノ越前衆
命シラスノ端黒《つまぐろ》ノ旗

第四章　忠直凱旋

1　家康の約束

――元和元年（一六一五）五月十日。

二条城の家康はご満悦だった。

広間には、このたびの戦に参戦した諸将が詰めている。

本多康紀《ほんだやすのり》、前田利常《まえだとしつね》、細川忠興《ほそかわただおき》、藤堂高虎《とうどうたかとら》、井伊直孝《いいなおたか》、本多忠朝《ほんだただとも》、浅野長重《あさのながしげ》、小笠原秀政《おがさわらひでまさ》、榊原康勝《さかきばらやすかつ》、松平忠良《まつだいらただよし》、松平忠輝《まつだいらただてる》、酒井家次《さかいいえつぐ》、水野勝成《みずのかつなり》、伊達政宗《だてまさむね》など。

家門、譜代、外様。戦国を生きてきた錚々《そうそう》たる顔ぶれである。

その中に、初陣を飾った童顔の徳川頼宣《とくがわよりのぶ》（家康九男。のちの尾張藩主）、徳川義直《とくがわよしなお》（家康十男。のちの和歌山藩主）の顔もあった。

「こたび、天下一統に帰することは、諸将の忠勤に因《よ》るものである」

家康が誇らしげに、徳川軍に加わった大名たちをねぎらいながら、名実ともに徳川家が天下を治めることを宣言したのである。

この席に、松平忠直の姿はまだなかった。

忠直は、伏見屋敷において越前軍の将士を慰労しており、少し遅れて二条城に着いた。

家康はすこぶる機嫌がよく、

「おお、越前少将が参ったか」

遅参した忠直を咎《とが》めもせずに、

「近こう寄れ。こちらに参れ」

と、居並ぶ諸大名の最上席に忠直を招いた。

そして、

「少将の七日の戦ぶりは抜群であった。じつに吾《わ》が秘蔵の孫なり。また、虎松（忠昌）も国松（直政）も幼弱の出陣にもめげず、思いもよらずみごとな手柄であった」

と孫たちを褒めたたえた。

諸将は、

「おめでとうございます」

と声をそろえた。

つづけて家康は、

「汝《なんじ》、今般、諸将に抜きんでて大坂城を乗っ取ったことは、莫大《ばくだい》の勲功《くんこう》であり、天下第一、古今無双《ここんむそう》である」

こう言って忠直を最高に褒めあげ、

「恩賞は追って沙汰すべし」

と約束し、その証として『初花の茶入れ』と『貞宗の太刀』を与えた。

つづいて将軍秀忠からも、恩賞確約の印として牧渓の『落雁』の画幅を与えられた。

大御所家康、将軍秀忠が口をそろえ、しかも諸大名の面前で忠直を讃え、恩賞の約束をしてくれた。

父の遺領を継いだとはいえ、越前の政治は宿老たちが牛耳っており、その中で越前騒動を起こしてしまい、領主としての面目を失った。

ところが、このたびの大坂の陣はどうだ。

自ら采配をふるい、しかも、「古今無双の働き」によって、御家門として徳川宗家の面目もほどこした。

越前軍は北陸街道を帰国の途についた。

忠直も士卒も晴れ晴れとしていた。

――これからの藩政は、自らの手によって推し進めていこう。

忠直の心は自信に漲《みなぎ》っていた。

軍列が北陸街道から越前領に入ると、領民はこぞってこれを迎えた。凱旋軍である。

北庄が近づくにつれ、沿道は領民であふれ、口々に越前軍の武勇を讃えた。

帰国した忠直は、ひとり天守に上り、ひさしぶりの城下を眺めた。

まだ、戦捷の余韻《よいん》が忠直の気持ちを昂《たか》ぶらせている。

同時に、吉田修理をはじめ多くの将士を失った。戦とはいえ、彼らの霊もいずれねんごろに弔ってやらねばならない。

夏の太陽が、足羽山の濃い緑のうえに照りつけ、遠くでカッコウのさえずりが聞こえる。

戦場の恐怖と緊迫、不条理と凄惨さにくらべれば、ここ北庄はすべてがのどかである。

2　初花肩衝

このたびの戦をもって、もう戦はなくなるだろう。

そう思うと、眼にする城下の景色も平和で愛おしいものに映る。

「殿、そろいましてござる」

主席家老の本多富正が天守に上がってきた。

「おお、伊豆か。どうじゃ、戦場の疵は癒えたか」

「なんのこれしき。かすり傷にござる」

「爺にはすまぬことをした。修理はもと爺の家人であったな」

「もったいない人物を亡くしましたな。吉田らしい最期でした」

「十分に報いねばなるまい。遺族にはな」

「ありがたきことに存じまする」

「では、参るか」

忠直と本多は天守を降りた。

大広間には諸将が居並んでいる。

大坂の二度にわたる戦で働いた将士に、これより論功行賞をおこなう。

「こたびの戦で、わが越前軍はその名を天下にとどろかせた。みなの忠義と働きに、忠直礼を申す」

忠直は家臣たちに頭をさげた。

「殿、おめでとうございます」

家臣たちは、忠直に祝いの言葉を言上した。

「追って、江戸より沙汰があろう。それによってみなに応分の行賞をおこなうつもりじゃ」

忠直は、家康の言葉を家臣たちに伝え、行賞を約した。

そして、家臣たちに酒肴を与えた。

「きょうは無礼講じゃ。存分に飲め」

「殿、ありがたく頂戴しますぞ」

城内は戦勝祝いの場となった。

その年の十一月。

上総国《かずさこく》姉ケ崎に一万石を領していた弟の忠昌に常陸国《ひたちこく》真壁郡下妻三万石が加増された。

越前松平家に対する、江戸からの初めての恩賞だった。

だが、忠直に対する恩賞はなかった。

同月二十九日。

忠直と勝姫の間に、待望の嫡男仙千代（のちの光長）が誕生した。

しかし、親子三人でゆっくりとくつろぐ暇もなく、忠直は将軍秀忠に年賀のあいさつのため、江戸に参府した。

――元和二年正月。

江戸城大広間に諸大名が参集し、年賀の儀が執りおこなわれた。

忠直の席次は、尾張宰相《おわりさいしょう》義直、紀伊宰相《きいさいしょう》頼宣、水戸少将《みとしょうしょう》頼房の三家に次ぐ、御家門筆頭位であった。

「御三家の制」は、徳川政権を盤石なものとするため、大御所家康が考え創り出したものである。これによって、幕府内の序列が決まった。

ただし、今日の席にあっては、松平忠直、前田利常、池田利隆（姫路城主）、の順に、以下、御家門、譜代、外様の大名がそれぞれ格付の順によって、秀忠から御盃をうけた。

秀忠が、甥であり娘婿である忠直をいかに重く遇しているかが知れる。

だが、この席でも、忠直に対する恩賞の沙汰はなかった。

内心、加増の下知あることを期待していた忠直はがっかりした。

加増は、家臣たちへの約束であり、家臣たちも国許で待っているだろうに……。

そうこうしている間に、駿府から急報が届いた。

大御所家康が病の床に就いたという。

家康は正月二十一日、駿河の田中（現静岡県藤枝市）に放鷹《ほうよう》に出た折、京あたりでちかごろ評判になっている鯛の天ぷらを食したあと、腹痛に苦しんで床に伏したという。自病を持つ家康の体に、天ぷらの油は合わなかったのであろう。

三月に入り、家康の病状が悪化したとの知らせに、忠直は急ぎ駿府へ駆けつけた。

家康は、

「おう、これは、これは。中将殿参ったか……。心配かけてすまぬのう」

弱々しい声で忠直の手をとり、見舞いの労をねぎらった。

その日から、忠直は家康の病床に侍《はべ》った。

その光景は、まぎれもなく祖父と孫の血の通った姿であり、周囲の者たちを熱くさせた。

一方、おなじころ駿府へ駆けつけた松平忠輝（家康六男、越後高田城主）は、城内に入ることを許されず、兄秀忠から見舞いの対面を許してもらえなかった。大坂の戦に不手際があったとの理由からである。

――三月二十七日。

駿府に勅使の下向があり、家康を太政大臣に任ずる宣命《せんみょう》の式が駿府城で執りおこなわれた。

忠直はこの式に参列し、勅使から宣命を拝受して、これを家康に奉呈するという大役まで任された。これに対して御家門の内から不満の声はひとつもあがらなかった。

弱冠二十二才の忠直がこの大役を担ったのは、徳川一門の中でも、その資質において優れていることを、誰もが認めているからに他ならない証《あかし》であろう。

――四月二十七日。

家康が薨去《こうきょ》した。七十五才だった。

「追って沙汰すべし」

と約束してくれた祖父が、その約束を果たさないまま亡くなってしまった。

それでも、忠直はまだ期待感を抱いていた。

叔父であり岳父である、将軍からの沙汰であった。

家康が亡くなる前。正月の二十五日、弟の忠昌にふたたび加増があった。

忠昌には、信濃国《しなのこく》川中島十二万石が与えられた。

忠直はそれでも恩賞を疑わず、祝いとして弟に領内木本の地（一万石）を分封して与えた。

忠直は、家康の葬儀から、久能山への神葬、日光道行、三回忌までを、御家門筆頭として徳川宗家のために立ち働いた。

そののちも、北庄、駿府、江戸、日光を往還し、多忙な日々を過ごした。

正室勝姫との仲も睦まじく、長女亀子、二女鶴子をもうけた。

元和三年七月、将軍秀忠の上洛、御所参内に随伴したが、このときも秀忠から恩賞の沙汰はなかった。

翌四年三月、弟忠昌に三度目の恩賞があり、越後高田二十五万石が与えられた。

この恩賞は、大坂の陣に参戦した諸将のなかで最大の加増だった。

ただ、越後高田は叔父忠輝の所領だったが、昨年忠輝は改易され、配流の身となった。

忠昌は、叔父のあとを継がされたことになる。

忠昌の恩賞は、越前松平家に対する恩賞であり、十分に報いられたとも言えるが、忠昌にも家臣たちが付いている。忠昌はその家臣たちに恩賞の分配をしなければならない。

「追って沙汰すべし」と約されてから三年。忠直にはまだ一度も沙汰がなく、自分の家臣たちに報えないのである。

このころから、江戸に対する不満と苛立ちが忠直に芽生えはじめた。

「茶入れ一つ、太刀一振りですっかり騙されたわ」

近習たちにもらしはじめた。

――たしかに。

大坂の陣は徳川幕府にとって「実入り」は少なかった。

もっとも、弟忠昌の加増によって松平家の領国は加賀前田家と肩を並べる大国となった。

これ以上の望みは分不相応かもしれない。

ならば。

なぜあのとき祖父も叔父も、大勢の前であんなことを言ったのか。

今となっては、あのときの言葉を迷惑に思う。恩賞は命に代えての代償であり、両御所の言葉はそれほどに重い言葉のはずである。

当時の大名はみな茶を愛でた。

名のある大名はこぞって名器を求めた。

茶入れは、茶の湯で抹茶を入れる容器である。

足利将軍のころ、唐（中国）から伝来したものであるが、彼の国でいったい何を入れるのに用いたか正体不明の陶製小壺ながら、茶の湯が盛んになっていたわが国では、茶入れとして珍重しはじめた。

茶数寄《ちゃすき》たちは、その小壺の形や色、釉薬の流れに付加価値をつけ、それにまた由来、由緒をつくりあげたため、茶入れの価値はうなぎ登りに跳ね上がった。

名物化した茶入れは、信長の時代に頂点を極め、一国の領地と比べられるまでになった。

諸国の大名たちは、信長や秀吉という天下人に、こぞって名物を献上して追従した。

豊後の大友宗麟が、秀吉に島津征伐を要請するため大坂城を訪ねた折、秀吉に献上したのが楢柴《ならしば》の茶入れだった。

秀吉は欲しくてたまらなかった楢柴を、宗麟から土産としてもらい、上機嫌になった。

茶入れの名物には、村《む》田《た》珠光《じゅこう》や武《たけ》野《の》紹鴎《じょうおう》ら茶匠が好んだ「大名物」。信長や秀吉が千利休に選ばせ、名物狩りと称して集めた「名物」。そして、小《こ》堀《ぼり》遠州《えんしゅう》が選んだ「中興名物」などがある。

なかでも、三大名物と称されているのが「初花肩衝《はつはなかたつき》」、「新田《にった》肩衝」、「楢柴《ならしば》肩衝」と呼ばれる唐物《からもの》肩衝茶入れである。

初花はその中で筆頭にあげられている。

高さ二寸七分五厘（八・三センチメートル）、胴径二寸六分（七・九センチメートル）、胴回八寸二分（二四・八センチメートル）、口径一寸五分五厘（四・七センチメートル）で、薄柿色と薄紫のまじった地色に、肩から長さの異なる三本の黒釉が優雅に流れている。

その昔、楊貴妃《ようきひ》が油壺として使っていたという伝説が付いているが、おそらく、この国に伝来して以降、誰かが勝手に付けた由来であろう。

その優美な姿から、時の将軍足利義政の歌が古今集にある。

くれないのはつ花ぞめの色ふかく
思ひしこころわれわすれめや

の歌に因《ちな》んで「初花」と銘名したとも伝えられている。

義政のあと、この名物はつぎつぎと茶数寄の手にわたった。

信長から家康、家康から秀吉の手にわたり、秀吉は天正十三年十月に催した禁中茶会と同十五年十月に催した北野大茶会でも、この名物を誇らしげに披露して、自ら茶を点てた。

秀吉が亡くなったあとは、遺物としていったん宇喜多秀家が所有していたが、そののちふたたび家康の手元にもどった。

いわば、天下人の象徴ともいえる茶入れでもある。

この名物を、忠直は大坂陣の勲功により家康から与えられた。

――たかが茶数寄の茶入れ一つ。

何の役に立つ。忠直はいまいましく思う。
どれほどの名物であろうと、苦労して戦った家臣たちの働きに報いることはできない。
――今欲しいのは領地である。
だが、あれから三年、江戸からは「沙汰なし」だった。

第五章　鳥羽野の森

1　父の悲願

ちかごろ、忠直はしきりと父秀康のことを思うようになった。

父との暮らしは、そう長くはなかった。

だから、実のところ父のことはあまり知らない。

父は、於義丸《おぎまる》と称していた十一歳のころ、養子として大坂城の秀吉に差し出された。

養子とは名ばかりで、要は人質である。

それでも、秀吉は於義丸をわが子のように可愛がった。

秀吉によって元服させられ、養父の「秀」と実父の「康」をとり、羽柴三河守《はしばみかわのかみ》秀康《ひでやす》と名乗った。

父の初陣は十四歳の時。秀吉の島津征伐に随伴して九州各地を転戦し、華々しく活躍したとも聞いている。

自分の荒ぶる気性は父譲りなのであろうか。

父は十六歳の頃、伏見の馬場で秀吉とともに馬の調練中、あとから駆けてきた秀吉の家臣の馬役が父に追いつき、そして脇を駆け抜けてしまったらしい。

「無礼者！」

叫んだ父は馬役を追い、太刀を抜き払って馬役を斬り落としたという。

それを見ていた秀吉は、癇癪《かんしゃく》をおさえて、

「わが息子、なかなかの悍馬《かんば》じゃわい」

そう言っただけで、咎めなかったらしいが、その激しい気性を持て余してもいたという。

そのためか、甥の秀次を養子にとると、父は下総国《しもうさこく》結城の名門結城晴朝《ゆうきはるとも》のもとへふたたび養子に出され、結城家（十一万一千石）を継いだ。

これは、関東に移封した家康の領地を加増するための処遇だったともいわれている……。

当時の徳川家には、後嗣として秀忠（十二歳）、忠吉（十一歳）、信吉（八歳）がいた。

いずれも父の異母弟たちである。

家康は関東に二百五十万石を有する豊臣政権下最大の大名であり、五大老筆頭格としてしだいに地歩を固めていた。

——関ヶ原ののち。

父は越前六十八万石を拝領した。

だが、二代将軍の座に就いたのは父ではなく、弟の秀忠だった。

それでも、父は弟の将軍をよく補佐し、弟も兄を立てて、他の大名とは格別に異なる待遇で兄に応えた。

父が江戸に参府すると、将軍自ら高輪の木戸までこれを迎えたという逸話まで残っている。異例のことである。

さらに面白い話がある。

祖父の家康が関ヶ原のあと、重臣たちを集めて、

「次の将軍には、秀康、秀忠、どちらがふさわしいと思うか。それぞれ存念を申してみよ」

と言った。

百戦錬磨、命がけの戦場をいくたびも駆けめぐってきた武将たちである。歯に衣を着せない。

「次の御大将にふさわしいのは、秀康様にござる」

「秀康様の御器量こそ、武家の頭領にもっともふさわしゅうござる」

重臣たちは口をそろえて、そう言った。

家康は黙って爪を噛みはじめた。この男、判断に迷うときに爪を噛む癖がある。

結局、家康は将軍の座を長子の秀康ではなく、次男の秀忠に譲った。


父には、将軍就任へのこだわりがなかった。

本格的に越前の経営に乗り出した父は、まず北陸街道の宿駅整備にとりかかった。

近江国境から加賀国境までに、十五の宿駅を設けた。

その距離は十八里（七十二キロメートル）に達する。

これにより、越前国内の運輸、通信、休泊の機能が急速に発達した。

次には、城の整備と城下町の整備に手をつけた。

当時、城下の人口は武家一万二千、町方二万三千。合計三万五千の都市だった。

次は殖産である。

越前の地場産業を奨励して、これを援助した。

そのひとつは今立五村の「越前和紙」の増産だった。越前和紙は紙の王と呼ばれ、当時幕府へも納入していた。

父は大滝村の紙問屋三田村掃部に奉紙屋職の黒印状を与え、「諸紙《しょし》改《あらため》」の特権を与えて、商いを奨励した。

また、主席家老本多富正領下の「越前打刃物」の鍛冶職人を励まし、鎌や包丁の生産に成果をあげさせた。

そして、次に手をつけたのが鳥羽野《とばの》の開墾だった。

北陸道の府中と北庄の間、日野川にかかる白鬼女《しらきじょ》の渡しを越えて、北庄に入る手前の今立郡一帯に立ち塞《ふさ》がるのが、広大な葦原の鳥羽野原野だった。

この原野のため、北陸道は大きく迂回しなければならず、そのうえ道は狭隘《きょうあい》で、往来のさまたげとなっていた。

この原野を切り開き、北庄までまっすぐの道を造れば、府中と北庄は一里（四キロメートル）ほど短縮する。

難工事ではあるが、父はこれに手をつけた。

だが、その工事も父の死によって、中断されたままになっている。

――父の遺業を継ごう。

忠直は、鳥羽野開墾を完成させようと決意した。

さっそく重臣たちを集め、事を諮《はか》った。

「今日は、みなの存念が聞きたい」

大坂の陣以来、忠直には領主としての貫禄と自信があふれている。

家臣たちに、忠直を若輩者などと思う者はもういない。

――先代様によう似てきた。

家臣たちは、そう感じている。

2　難工事

「みなも承知のとおり、いまだ江戸からの沙汰はない。われら自らこの国の繁栄を創り出さねばなるまい。そこでじゃ、予は鳥羽野の開墾を再開したいと思う。忌憚なく存念を申してみよ」

「殿、結構でござるな」

本多富正が迷わず賛意をあらわした。

「ほう。爺はこの話乗ってくれるか」

「殿。いつだったか、富正めは先代公のお供をして、江戸からもどったことがござる」

「うむ……」

本多は昔を懐かしむように、眼を細めて語りだした。

「ちょうど行列が白鬼女の渡しを越え、長泉寺を見下ろす峠で休息した折のことでござったが……」

「何かあったか」

「先代公は拙者をそばに召されて申されました」

「父上がそなたに何か申したか」

「はい。先代公は、富正、この先の森に道があれば、北庄までの道のりが楽じゃのう。どうじゃ、そちが差配して森を開かぬか。民も喜び、それ以上に殖産の価値も大きいと思うが、どうじゃ。こう申されました」

「父上は、民のために開墾すると申したか……。それですぐに手をつけたのか」

「それが、なかなか」

「どうした」

「難工事ゆえ、人が集まりませんでした」

「それで」

「ただ道を通すというだけでは、領民の協力は得られませぬ。そこで、鳥羽野の森を切り開き、沼を埋めて開墾した土地は、すべて村人に払い下げることにしたのでござる」

「なるほど。利がなくば村人たちとて動かぬであろうな。して、その方策は」

「この本多めが、いろいろ思案いたしましてな、まず今立の庄屋どもを集め、有り体に不満を聞いたのでござる」

「ほう。庄屋どもに不満をきいたか。それで」

「されば。庄屋どもめ、あれやこれやと口さがのない不満を申し立てましたわ」

忠直は老獪《ろうかい》な宿老の話に興味を抱いた。

「そこで、庄屋どもの意見を集約してみまするると、だいたい三つ、四つにまとまりましてな、さっそく先代公に申し上げ、裁可をいただきました」

「三つ四つとは」

「庄屋どもの願い出は、租税と土地に尽き申す。拙者、奉行の渡辺長久を通じて、鳥羽野八か村の庄屋に約定を発し申した」

本多富正が、中村、岡野村、田所村、野尻村、五軒町村、中町村、一里塚村、江尻町村、八か村の庄屋と交わした約定は、
一、入植者は、あらたに作る北陸道に面して、間口六間、奥行六十間の土地を無償で与える。
一、租税公課を免除する。
一、公の使役には加わらなくてよい。
一、新しい街道沿いの商いは勝手とする。
というものだった。

これには庄屋たちがこぞって賛同し、村人総出で工事は始まった。

——その矢先、領主秀康が亡くなった。

これによって工事は頓挫し、いまも放置されたままであった。

「爺、わしは父上に代わって、鳥羽野開墾を始めるぞ。これは亡き父上の悲願でもあったはずじゃ。みなに反論はないか」

重臣たちに反論はなかった。

父は徳川宗家におもねる人ではなかった。

幕閣たちの顔色をうかがう人ではなかった。

いつも、領民たちへの思いがあった。

自分も父の心を継ぎたい。

十三歳で領主となり、勝姫との婚儀、領内騒動、大坂の陣と、次々と大きな出来事が続き、国政に眼をむける余裕がなかった。

いま、ようやく国政に力をそそぐ環境が整っている。

さっそく、八か村の庄屋を集め、第二次鳥羽野開墾の再開を伝え、協力を求めた。

八か村への約定は、父のときと同じである。

庄屋たちも喜んで協力を約した。

ただし、忠直のあらたな約定として、

一、村外の者を村に泊めてはならぬ。
一、不審徘徊の者はすぐ役人に知らせよ。
一、萱《かや》などを盗み刈りする者は捕《と》らえよ。ただし、牛馬の餌とするものは構いなし。
一、夜警を怠らずつとめよ。
という掟を定めて、村中に示した。

――それにしても。

鳥羽野は広大である。

北は水落神明宮から南は下江尻村まで、道も人家もなく、古木の原生林や沼地が広がっている。

ときたま旅人が森に迷い込むと、森に巣くう盗賊に襲われ、剥ぎ取られ、斬り殺される。女はそのうえにさらわれて辱《はずかし》めをうける。物騒な森である。

北に位置する古社の水落神明宮あたりは、村人たちが烏ケ森《からすがもり》と呼ぶ。

夕方になると、この森をねぐらにする鳥の大群が帰っていくからである。

忠直はある日、開墾奉行の渡辺牛兵衛長久を城に招いた。

「どうじゃ牛兵衛。工事の具合は」

「は、想像を絶する難工事になろうかと思います」

「やれるか」

「この牛兵衛、身命を賭しまして、つとめまする」

「森の中には、よからぬ連中が棲みついておるというではないか。邪魔すれば遠慮はいらぬ。ことごとく成敗せよ」

「若、そやつらは力で封じますが、なにぶんの大工事。あるいは工事に相当なる費用がかかるかと思われますが……」

「構わぬ。存分にやれ」

「牛兵衛、それをうかがい安堵いたしました。若、この牛兵衛かならずやり遂げまする」

渡辺牛兵衛は、父の代からの忠実な家臣である。

五十を過ぎているが、戦場で鍛えた体に衰えはみえない。

忠直のことを、いまだに「若」と呼ぶのは、この男だけである。

忠直もまた、この男にだけはそれを許している。

そんな男が差配する工事だったが、難儀を極めた。

梅雨時には沼に水があふれてぬかるみに足をとられ、夏場にはヤブ蚊の群れに襲われた。

そのうえ、森の中にはオオカミや熊が出没し、工事人たちを震えあがらせた。

農繁期には農夫たちが田畑に帰り、工事人夫は激減する。
大木の根っ子の掘り出しも、困難このうえない。
こんな状況であるから、工事は遅々としてすすまなかった。
——それでも。
元和六年春、まる四年かけた工事は完成をみた。
府中から北庄への北陸道が、ついにまっすぐに延びた。
街道沿いには二百数十戸の家が建ち並び、大きな町並みが出現した。
商人が商いをはじめ、農耕具を作る職人の槌音が活況だ。
漆職人が食器を作り、紙屋が紙を梳《す》く。
多くの旅宿が軒を並べ、飯盛り女たちが旅人の袖をひく。
街道の後方には数百町歩の田畑が広がり、石高、殖産の成果は十分にのぞめた。
——だが、工事にかかった費用も莫大だった。
それでも鳥羽野の開墾は領民が喜び、忠直に藩政の自信をつけてくれた。

第六章　忠直反乱

1　覚悟の欠礼

「殿、そろそろ準備にかからねばなりませぬが、出立はいつにいたしましょうや」

「出立？　なんのことじゃ」

「なにを申されます。上洛の儀にございます」

「上洛じゃと。わしは上洛せぬぞ」

「殿！」

富正、成重の顔がこわばった。

昨年五月のことである。

岳父であり将軍の秀忠が京都御所に参内した。

江戸からは、越前の忠直にも随伴の命が下った。

そのときの問答である。

ちょうど、鳥羽野開拓仕上げのときだった。

莫大な費用を投じて、工事が成るかどうかの瀬戸際だった。

上洛となれば、かなりの費用がかかる。

「いま、わが家にそれほどの余裕があるか。上洛となれば、少なくも三千の家士を引き連れねばならぬ。その費用を考えてもみよ」

「さればとて、御上のご意向に背くわけにはまいりませんぞ。背けば謀反を疑われまする」

「謀反、じゃと。成重、言葉を慎め。予に謀反の振る舞いあると申すか」

「さにあらず。御上洛随伴の欠礼など言語同断と申しておりまする」

「こしゃくなことを。成重、その方予の家老か、それとも江戸の家老か」

「これはまた、殿のお言葉とも思えませぬ。藩財政窮乏を理由に、御上の上洛ご随伴を欠くなど、お家の面目にかけて許されぬことにございます」

「ほう。そちの口からお家の面目を聞こうとは思わなんだ。そも、お家の面目とはいったいどういうことじゃ」

「殿！　情けなきお言葉。ご当家は御家門筆頭の家柄にござりまするぞ。成重、そのことを申し上げておるのでござる」

「御家門筆頭などと申すが、なにも当家が出しゃばらずとも、尾張、紀州、水戸の三家がおるではないか。その方々が御家門として将軍家に従えばよいではないか」

忠直の口から皮肉がもれた。

尾張義直、紀伊頼宣、水戸頼房は、忠直より年少ながら、血筋からは叔父にあたり、祖父家康の遺言により、御三家として徳川宗家の跡継ぎたる資格を与えられた特別な家柄である。

父の代から、徳川家後嗣としての資格を剥奪された越前松平家である。忠直の皮肉はそこにあった。

「なりませぬ。殿は御上に弓引くおつもりか」

成重は、血相変えて忠直に噛みついた。

「御上に弓引くじゃと。大仰《おおぎょう》なことを申すな。当家は大御所さまより制外の家たるお墨付きを戴いておる。もちろん、予とて徳川の人間じゃ。宗家を助ける立場は十分わきまえておる。だが、戦ならともかく、将軍家のご公務にいちいちおつきあいする必要はない。それが制外の家たる所以《ゆえん》じゃ」

「殿、拙者も成重の言い分に同じでござる」

それまで黙っていた本多富正が重い口を開いた。

「もはや、幕府の力は絶大なもの。いや、幕府と申すより幕僚の力にござる。諸国の大名たちは、幕府に対して戦々恐々としてござる。それもこれも、幕僚たちに痛くない肝を探られないようにつとめているのでござる」

「なにゆえ」

「それもこれも、お家大事のためにござる。ちかごろは、外様はともかくも、御家門、譜代といえども、失態あれば容赦なくお家取り潰しの処分をうけております。ここはひとつ、上洛するが肝要かと存ずる」

富正は成重を弁護した。

だが、忠直は両本多の意見を容《い》れず、病気を理由に昨年の上洛を欠礼した。

ほんとうのところ、忠直の欠礼の理由はわからない。

たしかに、鳥羽野開拓による財政の窮乏はあった。

しかし、そのことよりも忠直の幕府に対する不信と鬱憤《うっぷん》のほうが大きかったのではないだろうか。

それは忠直党悟の欠礼だったように思われる。

——それにしても。

忠直の失態は大きかった。

諸国の大名たちは忠直の欠礼に大きな関心をもち、その行方が耳目を集めた。

もちろん、幕閣たちは忠直の行状を責めた。

だが、秀忠の
「病気ならば致し方あるまい」

この一言で、一応は収まったが、幕閣たちの忠直への不信感と警戒心はこのときよりつのっていった。

他の大名ならば、当然に改易のうえ、切腹を命じられるところである。

忠直批判の急先鋒は、土井利勝《どいとしかつ》、青山忠俊《あおやまただとし》、酒井忠世《さかいただよ》、安藤重信《あんどうしげのぶ》。いずれも徳川譜代の重鎮たちであり、幕政の中枢である。

なかでも、岩槻五万二千石の領主である青山忠俊は一言居士と呼ばれるだけあって、舌鋒するどく忠直の欠礼を非難した。

「将軍家ご上洛の随伴を欠礼するなどまことにもって不届至極。上様を軽んじるにもほどがある。ほかの大名にも示しがつき申さぬゆえ、ここは厳しい処分をもってあたらねばなるまい」

と、鼻息が荒い。

「さよう。越前中将どののがこと、まことにもって由々しきことじゃ」

安藤重信が同調する。

「たしかに、お手前方の申すことしかり。されど、上様のご意向もあることなれば、ここはひとつ、この大炊《おおい》に任せてくださらぬか。わしからも上様にお詫び申そう」

それまで黙然と聞いていた土井利勝が重い口を開いた。

秀忠の守役をつとめた、佐倉六万二千石の領主である。

秀忠と忠直の間柄をいちばん知悉《ちしつ》している男だけに、秀忠の意向にそって忠直の放免を模索していた。

これにより、幕府から忠直に対する処分はいっさいなかった。

ただ、越前家老の両本多は、土井に呼びつけられて、忠直補佐の不行届きについて厳しく叱責された。

忠直は、この一件の責めを負うと言い、幕府に無断で落飾《らくしょく》し、名を一伯《いっぱく》と号した。

これもまた、忠直流の幕府への皮肉であった。


——元和七年春。

家康が征夷大将軍となって、江戸に幕府を開いてからすでに二十年がすぎた。

家康、秀忠の二代にわたり、幕府の大名支配は盤石なものとなった。

幕府に反旗を翻《ひるがえ》そうとする大名はいない。

全国諸大名の反抗の芽を摘みとったのが「参勤交代」の制である。

この制度は、鎌倉時代にはじまった。

鎌倉幕府に忠誠を誓う意味をこめて、地方のご家人たちが鎌倉へ出仕したのがはじまりだった。

秀吉はこれを利用し、大坂支配に服した大名たちに聚楽第《じゅらくてい》のまわりや伏見に屋敷を与え、そこに妻子を住まわせた。

体《てい》のよい質子《しちご》取りであり、これによって大名たちの反乱を防いだ。

家康、秀忠は、これを制度として定めた。

江戸城外に大名屋敷を建てさせ、そこに妻子を住まわせて人質としたほか、隔年ごとに江戸と領国を往復させた。

年を追うごとに細目が決められ、行列の人数、装束、携行品、旅程日数、作法までが大名ごとに細かく定められた。

「大名行列」を組ませることにより多大な藩費を消耗させ、幕府への反抗を財政的に削《そ》ぐことが大きな狙いだった。

「参勤」は江戸に参府して幕府に出仕することであり、「交代」は領国にもどって藩政につとめることである。

いまでは全国の大名がこれにならい、参勤交代によって幕府への忠誠を誓っている。

――ところが。

ここにひとりだけ、参勤を拒否している大名がいた。

越前宰相忠直である。

勝手に落飾して入道すること自体が法度違背《はっといはい》の重大な罪であるのに、そのうえ、参勤しないのである。

忠直は、

「落飾隠者《らくしょくいんじゃ》の身なれば、もはや参勤はおのれの勝手次第」

などと公言して憚《はばか》らなかった。

家老たちがどんなに諫《いさ》めても、忠直は聞かなかった。

幕府にとって忠直は、すでに獅子身中の虫であった。

このころから、幕府内では越前改易の強硬な意見が噴出しはじめた。

――たしかに。

徳川家は将軍家となりこの国に君臨している。

だが、幕府を動かしているのは幕閣たちであり、幕閣にとってもはや徳川宗家と御三家以外の御家門は、幕府に臣従する一大名にすぎないのである。

幕府を支えるためには、臣額の資金が必要である。

2　騒ぐ大名たち

資金の基といえば領国、すなわち石高である。

戦のなくなったいま、武力で領国を切り取ることはできなくなった。

そこで幕府が考えたのは大名の取り潰しによる領国の獲得だった。

はじめに狙われたのは石高の大きな外様大名だった。

あれこれといいがかりをつけて、領国乗っ取りにかかった。

昨年は、外様大名の福島政則が狙われた。

福島は秀吉股肱の家臣だったが、関ヶ原の戦いで石田三成と決別し、家康に臣従した。

戦後、家康から安芸広島・備後鞆四十九万八千石が与えられた。

ところが、台風によって被害をうけた城の一部を、幕府に無断で修復したことが法度違反として罪に問われ、信濃《しなの》高井野《たかいの》四万五千石に減封させられた。

この処置も、家康の死後急速に権力を掌握してきた幕閣たちの意思表示であろう。

忠直は、幕閣たちが幕府を牛耳ることへの不満を抱いていたが、それが現実のものとなってきた。

ことに、徳川姓を与えられない大国御家門への風当たりは、これからますます強まるであろう。これは忠直の直感だった。

すでに、将軍秀忠の弟である松平忠輝までもが改易され、流罪の処分をうけた。

その理由は、大坂の陣の戦後処理において「不戦」の罪を着せられた。

そのために、家康危篤の折に、駿府まで駆けつけながら、とうとう死に際《ぎわ》の面会も許してもらえなかった。

ほんとうの理由は別にある。

忠輝は、幕府にとって面白くない人物であったからだ。

一つは、正室の五郎八姫が伊達政宗の娘であるからだ。奥州の伊達は、幕府にとって常に警戒すべき大名であり、その婿はたとえ御家門といえども、相容れないのである。

二つは、忠輝がキリシタンであったこと。その真偽はさだかでないが、キリスト教の洗礼をうけて厚く信仰しているというもの。

三つは、若い忠輝の力不足が家老たちの勢力争いと確執を生み、領内に騒動を起こしたこと。

これらがことごとく幕府の餌食となった。

――よく似ている。

(いずれわが家にも……)

忠直はそう思う。

徳川の血統というものは、一族のつながりというものは、すでに幕閣たちによって断ち切られ、宗家と御三家だけが高いところに奉られてしまった。

叔父の忠輝は、祖父家康から「野風の笛」を与えられた。

この笛は信長が愛用していたもので、のちに秀吉の手にわたり、秀吉から家康へと天下人の手を渡り歩いた名笛である。

自分も大坂の陣の武功によって「初花肩衝」をもらった。

与えられた理由はともかく、それは戦国武人としての誉れであり、血類としての証であった。

ところが、いまの幕閣たちにとっては、すべて戦国の世の「遺物」でしかない。

――笑止なことよ。

忠直は気づいた。

これまでずっと江戸からの「沙汰」を待った。

だが、戦国の勲功など、いまとなっては画餅《がへい》にすぎない。

祖父の残した「追って沙汰する」という論功の行賞など、すでに夢、幻と消えた。

父の秀康は関ヶ原の合戦で「勲功第一」と賞賛された。

自分もまた、大坂の陣において「古今無双」と絶賛された。

父子ともに徳川一門としての気概を示し、譜代や外様の追随を許さなかった。

——ならば。

これから先も、戦国武人として、徳川一門としての矜持と気概を幕閣の古狸どもに示してやろう。

忠直の思いはそこに至った。

「多聞よ、これからはこの越前に江戸の黒雲が襲いかかって来よう。覚悟しとけよ」

忠直は、側近の小山田多聞だけに胸の内を明かした。

多聞もまた気概の男である。

「しかと、承知」

一言だけ答えた。

忠直の反抗がはじまった。

以後、江戸への参勤をいっさい拒んだ。

――ただし、元和七年の秋。

江戸からの参勤要請に応え、およそ四千の将士を引き連れて北庄城を出た。

北陸道を南下し、関ヶ原まで進むと、忠直はそこに陣を張り、ひと月あまり留《とど》まった。

鷹狩りなどを楽しんだのち、病気と称して江戸へむかわず、わずかの旗本を連れて北庄へ引き返してしまった。

家老たちは困り果て、あれこれ評議の末に七歳の嫡子仙千代を名代に立て、行列を組んで江戸にむかった。

これはもう、幕府に対するあからさまな反逆である。

忠直の行状に、諸国の大名たちの関心が集まった。

忠直への幕府対応を、固唾をのんで見守っている。

なかには、

――越前中将公、幕府に謀反か。

――幕府、越前に出兵か。

などと噂する大名もあり、にわかに緊張が走った。

江戸城に詰める大名たちも、忠直の不参について、声をひそめてあれこれ囁きあった。

豊前小倉藩主細川忠利などは、越前出兵に備えてか、忠直の行状について細かく国許に書き送っている。そこには、

──越前中将殿、病気と言って出てこない。

──越前宰相殿、今もって江戸に到着せず。

などの文言がみえる。

元和八年の正月。幕府は忠直の病気見舞いとして、幕臣の近藤縫殿助《ぬいのすけ》を越前に遣わした。

表向きは忠直の病気見舞いであったが、そのじつは、忠直の病気確認と幕府への姿勢、藩内の動きを探るためだった。

ところが、奇怪なことに、近藤は越前からの帰途、相模の大磯あたりで落馬し、死んでしまった。

この男、元は忠直の家臣であったが、大坂の陣のあと忠直のもとを離れ、幕臣の父近藤石見守《いわみのかみ》のあとを継いで幕臣となった。

そんなこともあり、近藤の死はあれこれ憶測された。

──前の主忠直の恐ろしい企みを知り、幕府に報告できずに自害した。

──越前の秘密を知ったため、刺客によって殺された。

などなど。いずれも幕府側にとって都合のよい風聞ばかりが流された。

四月。

忠直はふたたび北庄を立って、江戸へむかった。

が、またしても関ヶ原に滞留したあと、参勤をとりやめて北庄にもどった。

二度にわたる不参である。

大名たちの書状には、そのころの様子を知ることができる。


―元和八年二月十三日。細川忠利書状。

越前宰相殿への使者、見廻り組の近藤縫殿助が落馬して亡くなったが、宰相殿は病ではなく、日夜泥酔しているようだ。

―同年二月十九日。佐竹義宣（秋田藩主）書状。

越前の儀、このままでは済まないと思われるので、越前出兵の準備を怠らないよう。

―同年七月一日。細川忠利書状。

越前宰相殿は、いまも関ヶ原にいるため、東国の大名には未だ暇が与えられていない。

―同年七月九日。細川忠利書状。

越前公はまだ関ヶ原に逗留している。公方様は公に病気見舞いの使者を遣わさず、下々の者は公の国替えかと噂をしている。

――同年九月二十二日。細川忠利書状。

越前宰相殿より四、五日前公方様に使者が参り、江戸参府の途中気晴らしに放鷹したいと申し入れ、これが許される。

――同年十月二十一日。細川忠利書状。

越前公は狂気と断じられる。御姫様（勝子）の侍女などのほか多数を成敗したという。内衆（幕閣たち）もこの件についてあれこれ申し合わせしているようだが、もはや越前公の江戸参府はあるまいと噂している。

この他にも、豊後岡藩主中川内膳（内膳正久盛《ないぜんのしょうひさもり》）は、将軍が越前に出馬するため、幕府より内密の命をうけて、兵三百名を大坂まで出立させている。

また、薩摩藩主島津家久は幕府に対し、越前に有事の際は出府致しますと申し出ている。

いやはや、鷹揚とした忠直の行状に比べ、大名たちのうろたえぶりが可笑しい。

――それにしても。

大名たちの書状からは、情報や噂の伝達の速さに驚く。

あまりにもできすぎた情報の感がゆがめない。

どこからか、意図的に作られた情報が、正確かつ迅速に流布されているように思えてならない。


――その年の晦日。

関ヶ原からもどった忠直が、家臣の永見右衛門左の屋敷を囲み、右衛門左を自害させた。

その理由は定かでないが、兵を指揮したのが本多富正だったことからも、家中において捨てがたいことが起きたのであろう。

それより少し前には、日光参拝のため北庄を出立した忠直が、病気と称してまた関ヶ原から引き返そうとしたため、次席家老の本多成重が忠直を強く折檻した。

「殿、江戸参府はともかく、恐れ多くも権現様へのご参詣をとりやめるなど、もってのほか。北庄への帰城などなりませぬぞ」

「また、それを言うか。飛騨、その方の顔、わしに向いておるのか、それとも江戸か。どちらじゃ」

「情けなきお言葉。何をもって殿はそのようなこと申しまするか」

「言うな。そちが常々江戸に内通していること、この忠直知らぬとでも思うてか」

「内通などと……。この飛騨、心外にござる。そのお言葉、この場にてお取り消しくだされ」

「小賢《こざか》しいことを。なにかと余の藩政に口をはさみ、江戸の意向を余に押しつけてきたその方ではないか。身に覚えがあろう」

「何を申されますか。それもこれも、お家のためを思えばこそのご献策。ひとえに忠義を尽くして参ったこの飛騨に、あまりといえばあまりなお言葉。口惜しゅうござる」

「そちの忠義が聞いてあきれるわ。忠義ならば江戸に尽くせばよかろう」

忠直は、父の死後に江戸から差し向けられたこの宿老と反りが合わない。

主席家老の富正とは従兄弟の間柄ながら、性格はまるで違う。

徳川四天王を父にもつ家の出とはいえ、三千石の徳川旗本から、越前松平家の次席家老に抜擢され、丸岡四万石を与えられている。

それからは、若い忠直を差し置き、藩政を牛耳ってきたのである。

越前騒動の遠因は、突然江戸からやってきて、藩政をかき回した成重に対する、旧臣たちの反発によるところが大きいともいわれている。

関ヶ原からもどった忠直は、ただちに兵を固めて成重の丸岡城を攻めようとした。

さすがに、討手《うつて》の大将から主席家老の富正を外したが、この情報はすぐに成重に漏れ、恐れた成重は京に逃れた。

さらに追手が追っていることを知ると、近江の栗崎に逃れて蟄居し、謹慎した。

のち、成重は独立。元の丸岡藩主となって大名に加わったが、松平家にもどることは二度となかった。

第七章　江戸の謀略

1　年寄り三人衆

「不興じゃの」

秀忠は眉を寄せ、指の爪を噛んでいる。

人柄は円満で、まじめなところはだれもが認めるが、武人としては平凡にすぎ、将軍として政治の中心にある人間としては、あまりに素直すぎた。

——秀忠自身いつも感じている。

欲望に長《た》け、老獪《ろうかい》で忍耐強く、恫喝と策略を巧みに使い分けることのできる父家康のようでなければ、天下人将軍の座にはむかない。

ただ、判断に困ったときに爪を噛む癖だけは、父親譲りである。

「せっかくの興が台なしじゃ」

「おそれいりまする」

家老の酒井忠世が重々しく頭をさげた。

「話を聞くまえに、まず茶を点ててくれ」

「かしこまりました」

控えていた小堀遠州が平伏して、茶の支度にかかった。

江戸城二の丸の庭。

池の水面に、中秋の澄んだ月が丸い形を浮かべている。

——ついさきほどまで。

この庭では寒月の宴が催されていた。

弦楽が奏でられ、女たちが舞い、着飾った大奥の御殿女中たちが酒を酌み交わし、嬌声をあげていた。年に一度の無礼講《ぶれいこう》である。

庭を染めていたかがり火も消え、祭りのあとの静けさがあたりを支配している。それでも、露をふくんだ芝草や築山の植え込みあたりに、麗人たちの香りがわずかに残されていた。

池の水が注ぎこまれる林の中に、小さな茶室が佇《たたず》んでいる。

番士たちが遠巻きに囲み、四方に鋭い眼を光らせている。

床を背にしているのは将軍秀忠である。

秀忠に命じられるまま、茶頭役の小堀政一（遠州）が、柄杓の手をとった。

小堀は、近江小室藩主ながら、孤蓬庵《こほうあん》などという洒落《しゃれ》た庵号《あんごう》を名乗る茶人でもあ

る。

同じ侘茶でも、利休とはひと味ちがう遠州流と称される茶の湯を立てた。

数年前、秀忠の命をうけて、ここ二の丸に庭園を造った。

そのとき、池の水を茶室に引き込み、茶室をこしらえた。

以来、秀忠はこの茶室を好んだ。

いつだったか、京の聚楽第にあった千利休の茶室に、父家康とともに招かれたことがあった。

そこの茶室は、利休が究極の美を求めて造ったというが、秀忠にとってはまるで牢獄かと思えるような、窮屈で陰湿なものだった。

それにも増して、利休の点前が鼻をついた。

―たしかに。

帛紗《ふくさ》の捌き、茶杓の清め、湯のそそぎ、茶筅の通し、濃茶の練り。

利休の手捌きには、研ぎ澄まされた銘刀のように、寸分の隙もない。

だから、人は利休を茶匠《ちゃしょう》と呼び、信長、秀吉の二代にわたって茶頭をつとめた。

だが、秀忠はそのとき少しも茶を楽しめなかった。

利休の態度はどこまでも慇懃だったが、無言のうちに武家をさげすむ心根が見えかくれしていることに、秀忠は気づいた。

澄んだ所作は刀のように冷たく物言わぬ。その不逞さが鼻をついたのである。

それにくらべ、遠州の茶はよい。

なにより、茶室も広く窓も明るい。それに、どこかおっとりとした小堀の所作が、心を穏やかにしてくれる。

子供のころから、父の前ではいつもおどおどした自分がいた。

将軍の座に就いてからも、大御所となった父の顔色ばかりうかがっている自分があった。

何かと緊張ばかりの暮らしの中で、小堀の茶は心を癒してくれた。

―茶とは、これでよいのだ。

黒釉のひきしまった天正黒で、小堀の点てた茶を喫すると、秀忠の不興もすこし直った。

秀忠の前に膝をそろえ、小堀の茶をともに呑んでいるのは、酒井忠世（雅楽頭《うたのかみ》）、土井利勝（大炊頭《おおいのかみ》）、青山忠俊（伯耆頭《ほうきのかみ》）。「年寄り三人衆」などと呼ばれ恐れられている、幕府の老中たちである。

茶室はあくまで茶を楽しむところ。茶室での政談は茶の湯を損なう邪道として、これまでの茶数寄たちからはきつく戒められてきた。

2　将軍秀忠の覚悟

老中たちは、それを逆手にとった。

漏れてはならない密談には、ここの茶室が格好の場所である。

まわりには、「上様の所望により茶のおつき合い」と触れてある。

すでに戌の刻（午後八時）を四半刻（三十分）ほどすぎていた。

頃合いを見て、秀忠が口を開いた。

「このような時分に年寄りどもがそろって、いったい何事じゃ」

「おそれながら、われら三人押しかけましたる非礼、幾重にもおわび申しあげまする」

土井が答えた。

「そのようなこと、どうでもよい。して、話とはなんじゃ」

「われら、徳川家のおんため、これより腹蔵なく上様にご献策の儀がござります」

「まどろいことを申すな。直入に申してみよ」

「おそれながら、越前中将さまの儀にございまする」

「忠直がいかがした」

秀忠の言葉には、あきらかに不興さがにじんでいる。

「ははっ。申し上げるも憚りながら、中将さまには、さきの上様ご上洛のおりに欠礼以来、これまで一度の参府もござりませぬ。すでに大名たちの間にも、あれこれと噂が広がり、このままでは捨て置けぬ有り様にござります」

「忠直は病と聞いておるぞ。参府の儀は、仙千代がつとめておるではないか。病ならば不参府とて致し方あるまい」

秀忠は、忠直が小さいころから側に置き、膝に乗せて可愛がった。

それというのも、将軍職に就けなかった兄秀康への思いがある。その分、甥の忠直に目をかけてきた。その子仙千代はわが孫でもある。

「ところが、さにあらず」

青山が割って入る。

「国許家老本多成重の書状によりますれば、中将様のご乱行、すでに手に負えぬ有様とか」

「忠直が乱行だと？　軽々しきこと申すな」

「ははっ。なれど、中将様にはご政務を富正、成重の両本多になげうち、おん自らは酒色に浸る日々とか。両本多ともにお手上げの由にござります」

「たわけた家老どもよ。真偽のほどはともかく、いちいちそれを江戸へもうし向けるとは、情けないやつらじゃ」

秀忠は苦々しく爪を噛みはじめた。

「このままでは上様の面子にもかかわり、幕府としましても示しがつきませぬ」

「……」

「中将さまのご行状、まったくもって解しかね申す。たびたび越前をご出立するも、関ヶ原のあたりに長く留まり、その地にて放鷹などを楽しまれたあと、越前に引き返しており申す」

「関ヶ原まで来て、そこから引き返すというか」

「御意」

「何故に」

「はて、その理由はわかりませぬが、聞き及びまするところ、余は落飾して入道の身なれば、参勤はおのれの勝手次第、などと公言して憚りなしとのことにございます」

「らちもないこと。たしかに、亡き父上は越前家を制外の家と認めておられたぞ。制外の家ならば、忠直が申すがごとく参勤は勝手じゃ。江戸がとやかく申すことではあるまい」

「上様！　お言葉ではございますが、権現様には恐れ多きことながら、制外の家とはご先代の中納言様一代かぎりのこと。もはや、御三家様もありますれば、」

「待て」

青山が語る最中、秀忠がこれを制した。

「伯耆、制外の家が中納言公一代かぎりとは、いったいだれが決めたのじゃ。余とて決めた覚えはないぞ。老中とは申せ、その方徳川家の内々まで口出しいたすか」

さすがに青山の顔から血の気が引いた。

「これは出過ぎたことを申しました。平に、平にお許しくださりませ」

青山は畳に額をすりつけた。

それでも、今夜の老中たちはなかなか引き下がらない。

「上様、ちかごろは勝姫さまと中将さまのおん仲よろしからずと……」

勝姫が越前に輿入れのとき、これに供した土井利勝が、心配顔をつくってみせる。

「勝と忠直の仲が悪いと？　勝から何か申して来ておるのか」

「いえ、勝姫様からは何んの申し状もありませぬ。されど、両本多からの知らせでは、おふたりのおん仲、日々よろしからずと……」

「あやつら、夫婦のことにまであだこうだと。埒なきことよのう」

「おそれながら、それもこれも中将さまのご乱行がお招きの仕儀。もはや、上様にはご覚悟が必要かと」

酒井が重い口を開いた。

「余に、なにを覚悟せよと申すか」

「われら年寄りども、上様の中将さまに対する思いは重々承知致しており申す。なれど、事、ここにいたりますれば、もはやご一門への私情はご無用かと。われらは、なによりご当家のおんためを思えばこそのご進言にござりまする」

「雅楽、直入に申せ。その方ら、忠直をどうせよと申すのじゃ」

土井、青山の肩がぴくりと動いた。

老獪な酒井が、ついに秀忠の口から越前中将松平忠直の処分について、口を開かせた。あとは秀忠を説き伏せればよい。

「おそれながら、越前改易にございます」

「なに！　改易じゃと」

さすがに秀忠の声が狭い茶室にひびきわたった。

「大炊も伯耆も、雅楽と同じ意見か」

土井と青山は黙って両手をついた。

「うーむ」

秀忠はうなった。

三人の老中は、いま家光の守役をつとめている。

その家光。次の将軍に就くことがすでに決まっている。

家光が将軍に就くまでに、幕府にとっての障碍はすべて摘みとっておかねばならない。

いま、障碍の最たるものが松平忠直の存在である。

忠直は血脈からして、徳川宗家にとってなお、将軍たる資格の重みは十分にある。

自分たち古老が退いたあと、若手の執政たちが忠直を担がないという保証はない。

将軍の座は、あくまで将軍の嫡子が継ぐべきであり、それは大権現家康の遺言でもあった。

いまもって忠直の人気はあなどりがたく、忠直排除についてあれこれ思案をめぐらせているときに、忠直自身がその理由をつくってくれた。

――千載一遇の機会。

このために三人は蠢きはじめているのである。

ただ、七年前の元和二年七月、秀忠は弟の忠輝（越後高田藩主）を改易し、飛騨高山に配流している。

このことが秀忠の心をいまでも重くしている。

忠輝の境遇もまた兄秀康とよく似ていた。

徳川家の六男として生まれながら、生まれてまもなく下野長沼城主の皆川広照に預けられて養育された。

生母茶阿局（お八）の身分が低かったため、いったん寺の門前に捨て、これを側近の本多正信に拾わせて皆川に預けた。

父家康と初めて面会したのは、忠輝六歳のときだった。

十歳で元服して忠輝を名乗り、下総佐倉五万石を与えられ、翌年には信濃川中島十二万石に加増されている。

その三年後、伊達政宗の長女五郎八姫と結婚したが、気性の激しい忠輝と家老となっていた広照とは反りが合わず、広照はしばしば忠輝の乱行を幕府に訴えた。

忠輝もまた、相当な悍馬だったのであろう。

結局、幕府の裁定により広照は忠輝の補佐不行届によって追放された。これもまたお家騒動であり、忠直の越前騒動と同じである。

のち、忠輝は川中島とともに越後高田七十五万石の太守となった。

ところが、家康が亡くなったあと、大坂の陣における不行跡を理由に改易された。

が、これは表向きの理由であろう。

幕府にとって外様の雄伊達政宗は、常に警戒すべき相手である。忠輝がその婿であれば、同時に警戒すべき敵とみなされた。

家康と秀忠は関ヶ原の陣以降、西軍に与した八十八家を潰した。

これら大名たちの城や領地は、東軍に与した大名や手柄をあげた大名たちに再配分した。

大坂の陣後は幕府に大きな「実入り」がなく、それを補うために、なお大名の取り潰しを押しすすめた。

はじめは外様大名が標的となり、譜代までも広がり、御家門にも手先が伸びた。

侍大将として戦場を駆けめぐった者たちが、いまは幕府の吏僚として幕政をつかさどっている。彼らの仕事は将軍を補佐し、政治によって幕府権力の絶対優位を確立することだった。

吏僚たちにとって、忠輝の越後高田七十五万石は、たとえ御家門とはいえ、のどから手が出るほどの魅力だったのであろう。

幕法違反という理由は、大きな領地という大魚を釣るための餌にすぎず、忠輝はその餌にかかったのである。

――そしていま。

忠直がその餌食になろうとしていた。

将軍の継嗣は嫡子であり、嫡子のないときは御三家からという制度はすでに確立されている。

徳川を名乗らない御家門は、徳川幕府に臣従する一大名にすぎない。

老中たちの考えである。

さる元和二年の正月。

大坂の陣ののちに、はじめて江戸城本丸御殿で行われた将軍秀忠（病床の家康に代わって）に対する年賀のあいさつは、大名たちにとって大きな意味をもっていた。

徳川将軍家にとって「当家《とうけ》歴世《れきせい》の永式《えいしき》」とすべき、大名家の格付けが行われたのである。

この儀式は、将軍へ拝謁する順番、場所、座る畳の位置、取次、献上する物や下賜される物の方法など、事細かに大名たちの格付が定められた。

――その序列は。

先ず、尾張中納言義直、紀伊中納言頼宣、水戸少納言頼房。御三家の順だった。

それに次いで、松平中将忠直、前田少将利長、池田少将利隆であり、以下の大名がこれに続いた。

このときより、松平忠直の将軍就任への道は完全に閉ざされたと言えよう。

以来、忠直は前年に定められた武家諸法度の「諸大名参勤作法」に従って江戸に参府し、秀忠へのあいさつを欠かさなかった。

将軍の命に背き、参勤を怠る者があれば、たとえ徳川一門や譜代といえども兵を出してこれを討つべしとは、家康臨終間際の遺言である。

参勤交代は、将軍家と諸大名の主従関係を表す重要な政治行為として確立された。

家康の枕辺にいた忠直は、このことを十分承知している。

――それでも。

忠直は昨年と一昨年、二度にわたり参勤の礼を怠った。

これはもう立派な幕法違反であり、そのことをもって幕府への反逆ととらえられても、弁解の余地のない口実を与えてしまった。

――秀忠の苦悩は深かった。

老中たちから越前忠直の改易を進言された茶室の夜以来、眠れない夜が続く。

秀忠には、弟忠輝に下した改易、配流の処分が、いまだ瘤《しこり》として胸中にわだかまっている。

老中たちのいう忠直乱行の真偽のほどは定かでない。

仮に、それが事実であればいずれ裁断を下さねばならない。

老中たちの真意はわかっている。

幕法違反を騒ぎ立ててはいるが、忠直の血脈を恐れ、六十八万石の大魚を狙っているのであろう。老獪な年寄りどもの考えそうなことだ。

だが、たとえ将軍の立場であっても、私情と政治は明確に区別しなければならない。それはわかっている。その意味で、徳川将軍家を必死で守ろうとする年寄りたちの気持ちもわかる。

父家康は、三河の土豪松平広忠の嫡男として生まれたが、織田家、今川家の質子として寂しさと孤独の幼少期をすごした。

信長によって今川が滅ぼされたあと、ようやく三河へもどって独立した。

ところが、信長によって正室と嫡男を失った。

信長亡きあと秀吉と敵対したが、またしても二男秀康を人質としてとられた。

耐え難いことをなんども耐えた。

秀吉が北条を降して天下人となると、父祖の代から自力で広げた三河、遠江、駿河、甲斐、信濃の領国をあっさり召しとられ、関東への移封を命じられた。

このときも、父は唇を噛んで耐えた。

——そしてついに。

信長も秀吉も果たせなかった幕府を樹立した。

自分が二代を継ぎ、まもなくわが子家光に将軍を譲る。

父の築き上げた戦のない理想の国は、死守しなければならない。おそらく、年寄りたちの思いも、多分にそこへ至っているのであろう。

忠直を処分すれば、諸大名に与える衝撃は大きく、あらためて幕府の権威と権力の絶大さを思い知らせるであろう。

幕府に弓引くことなどもってのほか。ただひたすら幕府に従い、家名を守るために戦々恐々となるだろう。それこそが、武将から吏僚となった政治家たちの狙いなのである。

――秀忠は肝を決めた。

年寄りたちを集め、忠直の儀「可」とした。

それにしても。老中たちが作り上げた忠直弾劾の条々には、恐ろしいことが書き連ねてあった。

二度にわたる参勤の欠礼は当然のこととして、そのあとの罪状はおどろおどろしいものだった。国政穏やかならずと書き立てた上。

一、参勤をとりやめて国許に引き返したことを、妻の勝子になじられたため、勝子を殺そうとしたが、侍女がこれを察して身代わりに殺された。

一、家臣永見右衛門佐の母に懸想した忠直が、その母を側室にしようとしたが、母は先代秀康に殉死した夫の名誉にかけてこれを拒んだため、怒った忠直が永見の屋敷に火を放って一族を焼き殺した。

一、愛妾一国が、人を斬るところが見たいと望んだので、一国の歓心をかうため、若い妊婦を平らな石の上に載せ、腹を斬り裂いて見せたが、それに飽きたらず、罪人や領民をつぎつぎと斬り刻んだ。

一、酒色に耽《ふけ》り、ささいなことで家臣を手討ちにした。

一、忠直の参勤欠礼を諫めた家老の本多成重を成敗しようと、忠臣に兵を差し向けた。

などなど、書きも書いたり。忠直の乱行ぶりがみごとなまでに書き連ねてある。

――その結果。

忠直の九州配流が決まった。

ところが、越前六十八万石は嫡子仙千代が元服し、これを継ぐことになるという。

改易の処分はなかったのである。

他の大名なら、改易されて嫡子継承などあり得ない処分である。

当然のことながら、酒井らの老中は猛反対した。

嫡子ではなく、減封のうえせめて弟の忠昌にと迫ったが、将軍秀忠はこれを聞き入れなかった。

しかも、幼少の仙千代に寒冷地の越前は不憫《ふびん》であろうと、母勝姫とともに江戸に呼び寄せ、江戸城内に住まわせた。

秀忠は、このときばかりは孫と娘に最高の愛情を示した。やはり、千姫のことを悔いている。

しかも、忠直へ処分を伝える幕府の使者は幕吏ではなく、なぜか忠直の母清涼院だった。

秀忠は清涼院に内意を託して、

――おだやかに幕命をうけよ。

と伝えさせたのである。


元和九年三月二十二日。

清涼院は北庄城に着いた。

忠直は居間に母を丁重に迎えた。

「母上、こたびは忠直の不徳により、ただならぬご苦労とご心配をおかけいたしました。侘びようもございません」

「忠直どの、申しますな。あなたさまも父上さまに似て剛毅なお方。時の流れとやらに上手に乗れないのでござりましょう。これもまた越前の宿命……」

「越前の宿命、にござりますか」


「大御所様がお亡くなりあそばしてからはや七年。この世の中も、江戸城の中も大きく変わりましたのじゃ」

「まこと、そうでございますなあ。ところで、叔父御どのはこの忠直に何か申されましたか」

「こたびの幕命、おだやかに受けよとの思し召しにございます」

「ははは。母上、それは叔父御どのの杞憂にございます。忠直、幕命に逆らうことなど、毛頭考えておりませぬ。身は入道なれば、この先、九州にておだやかに暮らしとう存ずる」

「上様には、九州は越前とは気候も風土も異なるゆえ、くれぐれも体をいとえと申されました」

「ほほう。叔父御どのがそのようなことを……。忠直、それを聞いて気が晴れました。いっときは、叔父御を恨んだこともありました。父上のこと、大坂の陣の沙汰のこと……。なれど、それもこれも夢のまた夢。すべては過ぎ去りしことにございます」

「ほんになあ……。ご先代さまも忠直どのも、所詮は戦国の武人にございますなあ。このような世の中、住みにくうございましょうな。この母には何もすることができませぬ。ただただ、あなたさまのご無事を祈るほかは……」

「なに、母上、心配はご無用。忠直、九州行きを楽しみにしております。できることなら母上とご一緒ならばどんなにか仕合わせでしょうが、それもままなりませぬ。くれぐれも、息災にあられませ。ただ、仙千代がこと、よろしくお頼み申します」

「忠直どの……」

清涼院はこらえきれずに、袖で涙をぬぐった。

つかの間の、そしてこれが最後となる母子の静かな時が流れた。

翌月三日、忠直は配流先の九州豊後へむけて、北庄城を旅立つ。忠直二十九歳の春。


――そのころ。

江戸城外、土井利勝の江戸屋敷において、恐ろしい密談が交わされていた。

土井屋敷に密かに招かれたのは、元伊賀同心支配服部正就（二代目半蔵）の配下で、いまは土井が間諜として重用している神野正成という伊賀者だった。

「正成、こたびのこと、ゆめゆめ抜かりはならぬぞ」

「しかと」

「彼のお人を、生きて九州へ下らせてはならぬ。まもなくご就任あそばす家光様のおんためにも、この世におられては迷惑な方じゃ。失敗は許されぬぞ」

「おまかせあれ」

「申すまでもないが、証拠はいっさい残してはならぬ。万が一、わしの名が表に出れば、ただではすまぬ」

「心得ております」

「ところで、手練れはそろったか」

「伊賀の里に、六人ほどそろえております」

「使えるか」

「いずれも、金のためなら親でも殺しかねない、生粋の伊賀忍ばかりでございます」

「上々じゃ。金ならいくらでも出す。じゃが、裏切りはならぬぞ」

「殿、伊賀には抜忍成敗という厳しい掟がございます。裏切りは死を意味します」

神野はむっとして答えた。土井の言葉に、伊賀者の矜持を穢されたような気がした。

「ならば結構。くどいようじゃがこの一件、わしには関わりのないこと。わかっておるな」

「念にはおよびません」

「それに、この屋敷に出入りしているその方もまずい。表に出るでないぞ」

「心得ました」

「あとのことは心配するな。旅の途中、土地の山賊に襲われる例は山ほどある。この大炊が始末する」

「委細承知」

「よし。ならば行け」

神野は風のように土井の屋敷から姿を消した。

第八章　幕閣の影たち

1　仕事請負人

小兵衛太はさとられないように数えた。

――一人、二人、三人……。

その数六人。

身形こそ街道を行き交う大勢の旅人に紛れてはいるが、目の配り、息づかい、歩の運び。いずれも、並の者とは明らかにちがっている。

どんなに隠しても、ただならぬ者の気配は小兵衛太の眼をごまかせない。

――草だ！　それも伊賀忍。

まぎれもなく、付かず離れず行列を追っている。

昨晩、敦賀の旅宿の相部屋に泊まった六人は、膝を寄せ合っていた。

「よいか、手はずは前に話したとおり」

左の頬に刀創のある小太りの男が、凄みのある顔で口を開いた。

「仕掛けるのは、海津に至る七里半（およそ三十キロ）の間じゃ。ここで仕損じれば、つぎは比叡の麓。そのあとはないと思え。なんとしても、この間に仕留めるのじゃ」

「……」

五人の男たちが無言で頷いた。

いずれも、戦場において間諜、後方攪乱、火付け、風聞流布など、草として存分に働いてきたつわものどもである。

だが、戦がなくなると仕事を失い実入りがないため、いまは帰農している。

ひさしぶりに、しかも法外な仕事料を与えられた。

彼らは、いったん仕事をもらうと、その仕事に命をかける。それが草の習性だった。

「狙いどころはわかっておるな。たとえ貴人でも、寝る、喰う、出すときは同じじゃ。無防備になる、そこを狙え。道具は得手を使え、めいめいに任せる」

「お頭、仕掛けは勝手でよいのか」

若い男がたずねた。

「勝手じゃ」

仕事勝手とは、徒党は組まず、めいめいが敵の隙をみつけたときに、自分の道具とやり方で敵を斃すことらしい。

「この仕事、もし失敗したときは、里に残してきた金はもどすのか」

いちばん高齢の痩せた男が、銭のことを心配して聞く。

「心配いらん。金は命と引き替えじゃ。失敗してもお前の女房には大金が残る」

「そんときゃ、女房が若い男をまた見つけるぜ」

日焼け顔の若い男がからかった。

「つまらねえこと言うな」

頭と呼ばれる男が叱った。

この男たちにとっては、仕事の依頼主などどうでもよかった。金さえ払ってくれれば、仕事はきっちりとやる。

宿帳には、小浜の昆布問屋主《あるじ》の吉衛門とその手代、伊蔵、太吉、静六、佐兵次、与惣次と記帳されていたが、もちろん偽名であろう。

――六人を見破った小兵衛太。

このたびの行列には、男としてはただひとり料理番として加わったが、小兵衛太の身分は忠直の旗本である。

しかも、ただの旗本ではなく、忠直の草として忠勤している若者であった。

実の名は、佐治小兵衛太。その祖は甲賀二十一家のひとつ佐治家につながる。父は秀康の家臣で佐治近江といった。

戦場ばかりを駆けていた父は、小兵衛太六歳のとき甲賀の親類筋に預けた。村のしきたりで、子供といえども厳しい忍術の修行が課された。

小兵衛太は体力に優れ、新参の子供ながら村ではすぐに頭角をあらわした。走る、跳ぶ、隠れる、打つ。大人たちも舌を巻くほどだった。

草としての素養を惜しまれながら、十五歳のとき越前の親元にひきとられた。越前では、三河から流れてきたという師の九官斎宗任に師事し、関口心身流を学んだ。

関口心身流は剣術と武術を合わせた武術の流派であり、忍術を得手とする小兵衛太にとって、武芸の技を磨くのに合致した。

御前試合で小兵衛太をみとめた忠直は、その日より草として重用した。

このたびの西国下りには、男の随伴はひとりも許されなかったが、忠直は小兵衛太を料理番と偽ってとくべつに許しを得た。

――江戸からの刺客。

そんなこともあろうかと、忠直は予想していた。

いまとなっては、はっきりした。

あれこれとわが罪状を並び立ててはいるが、結局のところ、幕府が恐れているのはわが血脈であろう。

ちかく将軍の交代も噂されている。

次期将軍は、従兄弟の家光が就くといわれている。

幕府にとって、将軍継嗣は重大な政治行為である。

その障りとなるものは、すべて払拭しておかなければならない。

その眼目が自分の存在なのであろう。

と、すれば……。

九州までの命の保証もないというもの。

(笑止なことよ)

忠直はそう思う。

――この道は。

父とともにはじめて越前に入ったときも通った。

大坂の陣では、兵馬をととのえて大坂に上り、勲功をあげて越前に帰った、凱旋の道でもある。

だが、いまは科人として配流の道である。

それでも、なぜか忠直の心は薫風のようにさわやかだった。

敦賀を出発した一行は、余呉川に沿って疋田宿に着き、陣屋で休息したのち、刀根越えの険しい坂道を越え、麓の気比神社に着いた。

この神社は敦賀にある越前一宮気比神宮の支社であり、出陣のとき、忠直がいつも戦勝祈願をしたところである。

忠直は駕籠を出て鳥居をくぐり、神殿に進んで手を合わせた。

——そのとき。

神社の裏手の森に、突然、つむじ風が巻き起こった。

「殿！　駕籠へ」

そばの小兵衛太が忠直をかばった。

と、同時に「ぶん」という鈍い音とともに、刃先の鋭い十字手裏剣が飛んできた。

太刀を抜き払った小兵衛太がこれをうけ落とした。

つづけざま、銀色に光る手裏剣が二本。風を切ってうなる。

小兵衛太が一本を払ったが、一本は忠直の駕籠の担ぎ棒にぶすっと食い込んだ。

「くせ者じゃ！　油断するな」

牧野伝蔵も叫びながら馬から降り、境内に駆け込んだ。

護送役人たちが、刀を抜いて忠直の駕籠を固めた。

森の中に姿は見えない。

（やはり伊賀忍か……）

地に落ちた手裏剣を見て、小兵衛太はとっさに敵を見破った。

しかも、動きから察してかなり手練れのようだ。

忠直の駕籠は境内から離れた。

それを見て、小兵衛太が森の中へ走った。

薄暗い木立の枝に黒い影が跳ねた。木から木へ、まるで野猿のようだ。そのたびにつむじ風が立つ。小兵衛太が影を追う。古木の枝が大きく揺れた。二匹の野猿が激しく争っているようだが、声もなく風が立つばかりで姿は見えない。

ときおり、太刀を斬り結ぶ鋭い金属音が森に響く。

二つの影が重なったとき、「どすん」という地なりの音がして、ひとつの影が木から落ちた。あたりに静けさがもどった。

やがて、森の中から小兵衛太の姿があらわれた。

小兵衛太は、太刀の血振りをしたあと鞘におさめた。

返り血を浴びたのだろう。顔が朱に染まっている。

小兵衛太は境内の手水で顔を雪ぎ、衣服をととのえて一行を追った。

神社の森に死体がひとつ転がっている。商人風の身形ではあるが、顔は黒布で覆っている。

小兵衛太は敵の衣服をあらためたが、胸の中に忍具をしのばせているほか、何一つ身元となるものは持っていなかった。

忍者の作法であろうか、のど元が深くえぐられ、とどめが刺されてあった。小兵衛太であろう。

「ちっ」

頭と呼ばれる小太りの男が、死体を見て舌を打った。

斃れていたのは、

「女房が若い男をまた見つけるぜ」

と、ませた口でからかった、いちばん年少の男だった。

「ごていねいに、とどめを刺してやがる。これであいつがただ者でないことがわかった。たぶん、伊賀か甲賀だろう。周到なことよ、お大尽め」

「お頭、おれはさきに行くぜ」

艶れた若い男にからかわれたあの痩せた男が、忠直一行のあとを追った。


一行は追分宿で道を右にとり、西近江路をたどった。

左の道は塩津から関ヶ原へと通じる。

途中も険しい峠道を上り、麓の山中宿で一休みした。

ここには越前藩の関守がおり、忠直を迎えた。

「中将様、この列をくせ者が尾けているようでございます」

牧野が小声で忠直に告げた。

「らしいの」

忠直もさりげなく応えた。

「正体はわかりませぬが、ただの盗賊とも思えませぬ。十分にお気をつけくだされ。この牧野めが、きゃつらを近づけませぬが」

この男、大坂の陣においては、大坂城の天守に大砲を撃ちかけた猛将でもある。

まさか、この一行を狙う者が老中のひとりから秘命をうけた伊賀忍であることなど、牧野でさえ感づいていない。

「長旅ゆえ、いろいろなことが起きよう。そちも大儀であるな」

「なんの、なんの。拙者、中将様との旅を楽しんでおります。なにせ、中将様は大坂の陣の一番手柄をあげた方にござりますれば。この牧野、中将様のお供ができますこと、このうえなき果報者と心得ておりまする」

「そういうこともあったな」

この男も、所詮は戦国の武人なのである。

小兵衛太がやって来て、忠直の小耳にささやいた。

「殿、敵は伊賀忍にございます」

「うむ、伊賀か……。して、さきほどのくせ者いかがした」

「はっ。討ち取りましてございます」

「そうか。敵はひとりか」

「いえ、あと四、五人ほどは」

「そうか。そちも十分気をつけよ」

「承知いたしました」

小兵衛太はすぐにそばを離れた。

そこへ、

「ぬるま湯の支度がととのいましてございます」

関守の額賀某がやって来た。

誘われた忠直は駕籠から出て番屋の中へ入った。

そばに牧野がぴったりと寄り添っている。

お蘭、おふく、妾たちも忠直に続いて番屋に入った。

敦賀を出てから七里半越えの道も、半分ほどに至った。

なれない女たちにとっては辛い旅であろう。

四半刻ほど休んで、忠直が駕籠にもどろうとしたとき、むかいの林の中から無数の黒い礫《つぶて》が飛んできた。

地面に散らばったのは棘の鋭いまきびしだった。

護送の武士数人がこれを踏みつけ、苦痛のいろをうかべた。

その直後、「どーん」という音とともに焙烙火矢が破裂して、白い煙が立ちのぼった。

女たちは悲鳴を上げ、おふくをかばって寄せ集まった。

小兵衛太が林の中に飛び込んだ。

「シュッ」という音が風を切り、苦無《くない》が小兵衛太をめがけて飛んだ。

切れ味のよい苦無の先が小兵衛太の頬を削ぎ、わずかながら血を滲ませた。

「先を急げ！」

牧野が馬に跨り、一行は先に進んだ。

2　伊賀と甲賀

黒い影がひとつ。クヌギの古木から張り出した枝の上にあった。

その影にむかって小兵衛太が打針を放った。

その一本が顔を覆った影の片目を射刺した。

それでも影はうめき声ひとつ立てず、しっかりと古木の幹に身を預けている。

となりの大木にからまっている蔓をつかんで躍り上がった小兵衛太が、枝の影に目つぶしをくれた。

影が一瞬ひるんだ隙に、小兵衛太が懐の棒手手裏剣を放った。

棒手手裏剣は影の胸部をつらぬいた。

「ぐっ」というくぐもったうめき声をあげ、影が地に落ちた。

すでに絶命している。

鈴鹿の南麓にある小高い山をはさんで、伊賀と甲賀の里がある。

ともに京の都に近い山岳地帯の山里であるが、古来、どこの勢力にも与しない里の豪族たちが、ときの権力者の支配を拒み、独立自営の暮らしを営んできた。

伊賀衆と甲賀衆は敵対するものではなく、先祖たちは利害によって敵対したり協調してきた歴史がある。

戦国の世になると、諸国の大名たちはこぞって伊賀衆、甲賀衆を頼み、敵陣に潜入させての間諜や奇襲攻撃、攪乱の兵として、銭を払ってこれを用いた。

伊賀衆と甲賀衆がほかの土豪や国衆と異なるのは、彼らは自衛のために忍《しのび》の術を養ってきたことである。

もちろん彼らにも上忍、中忍、下忍という歴然たる身分があった。

上忍は地侍であり、地主として小作人である中忍を支配し、中忍は百姓の下忍を支配していた。

共通するのは、三者とも子供のころから厳しい忍びの術の訓練をうけ、里や仲間の守るべき掟を学んで育った。

そしてほかの大名たちから依頼があれば、戦場に出稼ぎに行くのである。

伊賀と甲賀に違いがあるとすれば、伊賀衆が雇い主との間の金銭契約で動き、私情をいっさい挟まないのに比べ、甲賀衆は主従関係の絆で動く。

さらに言えば、本能寺の変にさかのぼる。

本能寺で信長が明智光秀に討たれたとき、盟友の家康は堺見物のあと河内国四条畷にいた。

この変に動揺した家康は、追腹を斬る覚悟をきめたというが、本多忠勝、井伊直政、酒井忠次、榊原康政ら徳川四天王と呼ばれる側近たちに諫められ、岡崎へもどる決意を固めた。

途中には、光秀配下の残党狩りや落武者狩りの盗賊が跳梁跋扈して危険であったから、街道筋が使えず、あえて伊賀、甲賀の鈴鹿越えの険しい山道を選んだ。

供回りは、徳川家譜代の重鎮と小姓らわずか数十人ばかりだった。

命からがら、山塊の道を抜けて伊賀国にようやくたどりついたとき、供に加わっていた家臣服部正成（半蔵）のはからいで、伊賀忍衆が一行の手引きをしてくれた。

これによって家康は、無事に岡崎にたどり着くことができた。

後世にいう「神君伊賀越え」である。

感激した家康は幕府樹立後、伊賀同心というあらたな組織をつくり、伊賀衆を旗本として取り立てたのである。

正成には江戸城御門外に屋敷が与えられ、以来、その御門は「半蔵門」と呼ばれるようになった。

伊賀には「上忍三家」と呼ばれる権力者の一族があった。「服部家」、「百地家」、「藤林家」である。

正成の父祖はその服部家の出であるが、代々松平氏（家康の父祖）に仕えており、正成は譜代の臣として、戦場では伊賀衆、甲賀衆を指揮して縦横無尽に働いていたため、鬼半蔵との異名を取るほどであった。

ところが、伊賀同心の差配を引き継いだ二代目半蔵（正就）が愚昧であったため、伊賀同心は解体され、いまは細々と江戸城内の警護番に就いている。

土井利勝から秘命をうけた神野正成は、代々服部家の家臣で伊賀同心だったが、薄禄に困窮しているところを土井に拾われて仕えていた。

一方の甲賀は、慶長五年八月、伏見城の戦いで名を捨て実をとった。

家康が会津上杉攻めのため宇都宮に進軍したため、畿内における空白の隙を突いた石田三成が挙兵した。

会津攻めは、三成を挙兵させるための、家康の深謀だったといわれている。罠である。

三成の挙兵は家康にとって想定内のことだった。

京、大坂における徳川の拠城は伏見城。守将の鳥居元忠と手勢わずか千八百。家康はこの伏見城を天下取りのための捨て駒にした。

この城を、伏見城攻め総大将の宇喜多秀家率いる西軍四万が囲んだ。

西軍は鳥居に降伏するよう説得したが、家康から「死守せよ」と命ぜられていた鳥居は降伏を拒絶した。

わずか千八百の兵が、西軍四万を敵に回してよく防いだ。

鳥居元忠は徳川譜代の忠臣である。これを失うことは忍びなかったが、天下取りの壮大な計画の前に、鳥居とその配下の兵を犠牲にしたのである。

伏見城があまり長く持ちこたえると、東海道を下っている家康指揮の東軍が早く着きすぎてしまう。

三成指揮の西軍と戦う場所は、できるだけ大坂城から離れた近江のあたりでなくてはならない。

——なぜなら。

大坂城に近い場所が戦場となると、中立を装っている豊臣秀頼が三成のために出陣しかねない。

秀頼が動けば、西軍の志気があがり、三成と決別して東軍に付いた秀吉股肱の福島政則、加藤清正、黒田長政、藤堂高虎、細川忠興、浅野幸長、加藤嘉明、池田輝正、蜂須賀家政らが秀頼のもとへ走りかねない。

そうなれば、この戦に勝ち目はないのである。

城には、徳川配下の伊賀衆と甲賀衆も籠もっていた。

西軍の島津義弘は、甲賀衆と親密な関係にある配下の長束正家を通じ、甲賀衆が西軍に内通しなければ、妻子一族を全員磔にするという脅しをかけた。

このため、甲賀衆は伏見城の内から火を放った。

甲賀の裏切りによって鳥居は自刃し、伏見城は落ちた。

家康は怒り、伊賀衆に甲賀衆の追討を命じたといい、このときより甲賀と伊賀は敵対するようになった、といわれている。

だが、そうではない。

甲賀衆が城に火を放ったのは、伏見城を早く落とすために、甲賀衆が家康の密命をうけてのことであった。

たしかに。伊賀越えの先導をつとめた伊賀衆は、その後伊賀同心に取り立てられたが、同心は薄禄の雑役である。

それにくらべ、甲賀衆は役付の与力に取り立てられている。

ここに、伊賀と甲賀の大きな違いがある。

いま、仕事として松平忠直の命を狙う伊賀忍と、主君忠直に忠義をつくす甲賀忍が、まさに死闘を演じている。

小兵衛太は忠直を守りながら、六人の刺客のうちふたりを斃した。

残された四人は、この先、死に物狂いで襲いかかってくるだろう。旅は長い。
一行は先を急いだ。

第九章　湖畔の激闘

1　近江路の危機

野口を経て、小荒路《こあらじ》からなだらかな追坂峠の頂上に達すると、山が開け、青い湖面の琵琶湖が見えた。

この坂を下れば、今日の宿である海津に着く。

小兵衛太は鋭くあたりに眼を配ったが、くせ者らしき姿は消えていた。

民家に明かりが灯り、あちこちから炊煙が立ちのぼるころ、一行はようやく海津に着いた。

ぐるりと琵琶湖を囲む比叡、比良の山稜には雪が残り、残照にきらきらと光っている。

忠直は宿舎の願慶寺に入った。

境内には木曽義仲の愛妾山吹御前にまつわる紅梅の古木が、まだ花びらを残していた。

ここ願慶寺は父のころから宿舎とした寺である。

旅の慰みにと、古老の住職が茶を点ててくれた。

和泉国堺（現大阪府和泉市）でまだ父親の「魚屋」を手伝っていた宗易（利休）が、琵琶湖に遊んだときここの寺に泊まり、住職に茶の手ほどきをしたという。

「あのころのお師匠はんは、たしか十九か二十歳。まだお若い人でしたけど、とても涼やかな眼をされた、風格のある方でした」

老僧がなつかしそうに眼をほそめる。

「公とはじめてお目もじいただいたのは、たしか」

「余が十三歳のときじゃ」

「そうでございましたな。あれから」

「十六年じゃ」

「十六年……。いやはや、拙僧が年をとるもまた道理。あのときはたしか、公がはじめて越前にお下りあそばされるときでしたな」

「あれ以来、ご坊にはずいぶんと世話になった」

「もったいないお言葉。それにいたしましても……」

「ははは。ご坊、もうよかろう昔話はそれくらいで。それより、茶を所望したい」

「これは、これは」

老僧は、千利休直々に手ほどきをうけたという自慢の茶を点ててくれた。
夕餉には、琵琶湖の鮎が出た。塩焼きの鮎は絶品だった。

――そのころ。

海津の町はずれにある旅宿の一室では、四人の男たちが膝を寄せていた。

「頭、あやつなかなかに手強いぞ。ただの甲賀者ではねえ。おれの見たところ、あやつは関口流を使う。組めば分が悪いぞ」

二の腕に刀傷をもつ男が言う。

「おじけたか」

頭が眼を剥く。

「そんなこたあねえ。ただ、用心しろとゆうとるだけじゃ」

男が気色ばんだ。

「ここから里は近い。里に走って助勢をつれてくるか」

日焼け顔の男が言う。

「アホ抜かせ。仕事をいただいたのはわれら六人じゃ。ほかのやつらに分け前を渡すのか、バカめ。敵はひとりじゃ、残った四人でかならず斃す」

「わかった。ところで頭、これからの仕掛けも勝手じゃな」

「ここ海津からは今津、小松、和邇浜、坂本を経て大津までおよそ十七里。途中、一泊か二泊じゃ。大津から大坂までの仕掛けは難しかろう」

「では、どうするのじゃ」

「第一の仕掛けは今宵の願慶寺。第二の仕掛けは坂本。そこでじゃ、願慶寺は境内に忍んで寝所に仕掛けるがよかろう。で、だれが行く」

「おれが行く」

日焼け顔の男が引き受け、すぐに部屋を出た。

部屋には三人が残った。

「もし、あやつが仕損じたときは、おまえたちふたりが坂本で仕掛けよ。ひとりがあの甲賀忍を、その隙にひとりがお大尽を。ふたり掛かりじゃ」

「わかった。ところで、お頭はどうする」

「おまえたちがもし仕損じたら。このわしが大坂までにかならず始末する。生きて里にはもどれまい」

「……」

「そのまえに、おまえたちが坂本でかならず仕留めよ」

ふたりは頷いた。

こんなときでも、おまえとか、あやつとか、決して本名を口に出さないのは、さすがに伊賀忍たちである。これで最後の話は決まった。

上下の身分はあっても、仕事に関しては一人ひとりが、まさに必殺の一匹オオカミたちである。狙った獲物はオオカミのように執拗に追いかける。


願慶寺の客間。

忠直はすでに床に就いていた。

佐治小兵衛太は旅の途中、二度までも死闘を演じてきた。

緊張の続く旅に、かなり体力を消耗している。

二十五歳の鍛えた体にも、あちこち痛みが走る。

今夜も、暗がりの板壁に体を預けて寝ずの番に就く。

しんと静まりかえった寺の境内。

杉の大木にとまった梟が、「クルッ、クルッ」とのどを震わせている。

そのとき、寺の裏門脇の築地塀に、黒い影がひとつとりついた。

いったんあたりに警戒の眼をむけたが、身軽に塀を乗り越え、すとんと地面におりた。

本殿前にはかがり火が焚かれ、護送役人が警戒にあたっている。

影は枯れ草を踏み、わずかな風を起こして庭の植え込みを抜けた。

本殿の離れにある客殿の隅に張りついたとき、龕灯を手にした武士がふたり、客間の見回りにやってきた。

陰はすばやく床下に潜り込み、太い床柱の陰に身を入れた。

龕灯の光が床下を照らしたが、影に気づかず、すぐに立ち去った。

ゆっくりと這い出た影は、懐から油の小壺をとり出し、雨戸の敷居にそっと注いだ。

静かに手をかけて横に引くと、雨戸は音もなく開いた。

廊下を這い、障子にも油をくれ、ゆっくり開く。

部屋の中に人の気配がない。客間はいくつもあるようだ。

影がひとつひとつの部屋をあらためていたとき、わずかに香の匂いが流れ、なま温かい人の気配を感じた。

（ここだ！）

暗闇の中に白い寝具がぼうと浮かんで見える。

（いる！）

影は忍刀をそっと抜いた。

寝具の上からひと息に心の臓を刺す。

足を摺り、忍刀の柄をしぼり、寝具に近づいて刃先を真下に構えた刹那、布団が跳ね返り、人影が飛び退いた。

「むっ」

黒影が一瞬たじろいだ。

「くせ者！」

声の主は女だった。

（ちっ、女忍か）

そこへ小兵衛太が躍り込んできた。

黒影が小兵衛太に含針を放った。

「伏せろ！」

とっさに手で顔をかばいながら、小兵衛太が叫んだ。

「シュシュ」と風を切る音が闇に立つ。

部屋の騒ぎは、表にまったく聞こえない。

暗闇の中における、忍の者たちだけの死闘である。

数本の針は顔をそれたが、一本が右手の甲に突き刺さった。

針には毒が塗られている。毒が体に回れば命を落とすほどの猛毒である。

小兵衛太が影に組みついた。

右腕で影の首をしめ、左腕で忍刀を押さえた。関口心身流の固め技である。

「刺せ！」

小兵衛太が女をうながした。

女は躊躇なく、懐剣で影の喉を刺した。

影の喉が鳴り、ゴボゴボと血が吹き出た。

寝具で血止めをほどこし、あたりに散った血を拭き清めたあと、影の死体を裏手の墓地に運んだ。みごとな処置である。

部屋の中は、何事もなかったかのように、もとの静けさをとりもどしていた。

庭の築山のそばに小さな池があり、鯉が人の気配に水音を立てた。

「ちっ、針にやられたわ」

小兵衛太が池の水で手を洗った。

「小兵衛太、手を出せ」

女は小兵衛太の手をとり、針の刺さった手の甲を懐剣で斬り裂き、そこに唇を押し当てて、強く吸った。

何度か血を吐き捨てたのち、懐から毒消しを取り出して傷口に塗り込んだ。

「千草、おまえは無事か」

「無事だ」

「よくやってくれた」

2　浮御堂

「殺られるかと思ったぞ」

「そうだろうな。敵は伊賀の手練れだ」

「油の臭いで気づいた」

「さすが。やはりおまえには女忍の素養がある。おれは昔からそう思っていたぞ」

「それでおれを呼んだのか」

「迷惑か」

「迷惑じゃないけど……」

「嫌なら、ここから里へ帰ってもいいぞ」

「人を呼んでおきながら、その言い草はなんだ」

「帰らないとわかっているから言ったんだ」

「ちっ、喰えないやつだ。それにしても、なぜ伊賀が殿さまを狙うのじゃ」

「それはおれにもわからん。伊賀は雇われれば仕事を選ばぬ。おそらく、雇ったのは江戸の化け物であろうな」

「化け物、か」

「そう、化け物だ。だが、おれたちには関係ない。おれたちは無事に殿さまを豊後にお連れするだけじゃ」

忠直の行列が、敦賀からは女だけの供廻りになると聞き、こんなこともあろうかと、小兵衛太が甲賀の里から女忍の千草を呼び、供廻りの女たちに潜らせていた。

千草は甲賀の帰農者喜六の娘で十九になる。

小兵衛太が甲賀で暮らしていたころ、男勝りのガキがいた。

男のガキといっしょに忍術の訓練をうけながら、少しも弱音を吐かなかった。それが千草である。小兵衛太は妹のように千草を可愛がった。

「千草、おまえもすっかり女になったが、まだ嫁に行かぬか」

「バカ、これから九州へ行くのに、嫁になど行けるか」

「それは悪かった。無事に九州に着いたら甲賀にもどり、はやく嫁に行け」

「余計なお世話じゃ。」

「好きな男はおるのか」

「そんな者がいたら、おまえの話になど乗るか」

「たしかに」

「人のことあれこれ詮索するな。小兵衛太、おまえは嫁もちか」

「嫁持ちが九州くんだりまで行くか。おれはどこまでも殿さまにお仕えするのよ」

小兵衛太の話に、千草の頬がぽっと朱に染まった。

子供のころの印象しか知らなかったが、目の前にあらわれた千草はすっかり女に変わっていた。

色は黒いが目鼻立ちがととのい、厚くて柔らかい唇の奥で並びのきれいな歯が輝く。

胸はふくらみ、腰の流れと丸みをおびた尻が、腰元女中と同じ着物をまとっているから、よけいに際立つ。

「千草」

小兵衛太は千草の手をとり、抱き寄せた。

「いきなり、なんだ」

声の拒みとはうらはらに、千草の体が小兵衛太の胸にくずれた。

人を殺めたあとのふたり。たとえ忍とはいえ、若い男と女。どちらも昂揚している。


小兵衛太の手が、大きく割れた千草の襟元にすべり込んだ。

千草の体がぴくんと跳ねた。

「毒を吸ってやる」

小兵衛太が千草の丸い唇を吸った。

「うう、ん」

千草が小さい鼻声をもらした。

暗がりの中で、長い抱擁がつづいた。

「バカ……。ここは寺じゃ」

千草は拳で小兵衛太の胸を突いた。


早朝、忠直は境内の庭を散歩していた。

つつじの陰に身を潜めている小兵衛太に、

「佐治、昨夜はこの寺にまで賊が忍び入ったそうじゃな」

「執拗な連中でございます」

「千草、と申したか。あの者に怪我はないか」

いきなり千草の名が出て小兵衛太はあわて、顔を伏せた。

「ございません。千草はなかなかに働きます」

「そうか。そなたが付いていてくれて余も安心じゃが、くれぐれも油断するなよ」

「心得ております」

「それにしても、琵琶湖は美しいのう。荒々しい越前の海とはちがい、湖面もおとなしい。じゃが、この景色もあとわずかでおさらばじゃの」

「殿、大津まではまだ安心できません」

「佐治、余を甘く見るなよ。大坂の陣の猛将ぞ。忍びのひとりやふたり、いつでも相手するぞ。ははは」

「殿は大切なおん身。敵はこの佐治にお任せください」

「そうじゃの。余は剃髪の身なれば、刃傷沙汰は御法度じゃ。そちに任せよう、のう佐治」

そう言って、忠直は愉快そうに笑った。

一行は海津を立った。

ここは西近江路。この道は琵琶湖の西側に沿って大津までつづく。

左に琵琶湖のながめ。右に比叡のなだらかな山稜。

はたからみれば、物見遊山の旅に見えるであろう。

今夜は、堅田の居初《いそめ》家本陣に宿をとる。

ポルトガル人で、イエズス会の宣教師として戦国期のわが国で布教につとめたルイス・フロイスは、堅田の町について、

――日本でもっとも裕福な町。

と、紹介している。

ここに暮らす人々は、古来、琵琶湖の漁師たちであった。

ところが、琵琶湖が湖上交通の要衝として栄えてくると、漁業権や航行権をめぐって、漁師たちが服する京の下鴨神社。堅田の地を荘園支配する延暦寺。地頭の佐々木信綱一族。

三者が利権をめぐって長く争ってきた。

延暦寺は堅田に湖上関をもうけて他国船の通行を排除し、下鴨神社は堅田の漁師に漁業権と航行権を独占させた。

それを不満とする佐々木氏が介入し、三者は激しく争った。

琵琶湖が創出する利権が肥大化すると、堅田荘の中に暮らす地侍の「殿原衆」と漁師・町人の「全人衆」が連合して「惣」をつくり、検断権をもって延暦寺や佐々木氏に対抗するようになり、独立自衛の勢力として発展した。

ルイス・フロイスの言う、

――自由で自立した町。

となっていったのである。

もちろん、延暦寺や佐々木氏の背後にいる足利幕府が手を拱いていたわけではない。

応仁二年（一四六八）、幕府はついに堅田荘に焼き討ちをかけ、全域を焼失させた。のちに「堅田大責」と呼ばれる事件である。

このとき、堅田衆は全員琵琶湖に浮かぶ沖島に逃れた。

ところがその二年後に、延暦寺と堅田の隣町坂本衆が対立、衝突した。

この争いで延暦寺側が敗れると、堅田衆は堅田にもどって町を復興させた。

地侍でありながら、延暦寺と佐々木氏に無抵抗で破れた殿原衆は面目を失い、堅田荘は全人衆によって支配されるようになった。

巻き返しを図ろうとする殿原衆は、織田信長に頼った。

湖上船団を支配する殿原衆は、信長にとっても有利であった。

朝倉・浅井連合軍を敵に回した信長は、堅田に集結した朝倉・浅井軍を比叡山に追いつめ、戦いを有利にしたが、これを導いたのが殿原衆の湖上船団だった。

これにより、堅田の支配はふたたび殿原衆が握った。

徳川のいま。堅田の町は以前に増して繁盛している。

幕府が堅田の権益を保証し、自立を認めているからである。

しかも、殿原衆は湖上権益を支配し、全人衆は物流品を一手に扱う商人として、ともに共存共栄をはかっている。

町の両側には、穴太積の立派な石垣の上に、豪壮な屋敷が建ち並んでいる。

家の窓を飾るあざやかな紅殻格子は、この町の富を象徴しているかのようである。

戦のなくなったいま、町はさらに活況を呈していた。

湖上が夕映えに光るころ、一行は、そんな堅田の町に着いた。

殿原衆の中で最も力をもっていたのが、居初、刀弥、小月の三家だが、今夜の宿所は居初家が構える船役陣屋だった。

濃い松林のむこうに、旅人ならだれもがいちどは見たいという、浮御堂が見えかくれする。

平安時代に、比叡山の僧源信が、湖上交通の安全と衆生済度のため、海門山満月寺の仏堂として建てたといわれている。

湖岸から湖上に橋を設け、橋のさきの湖上に仏堂が浮かんでいる。

いつのころからか、「近江の浮御堂」と呼ばれるようになった。

ときの関白近衛政家が、琵琶湖の美しさに魅了され、名所、名所の景を八首の和歌に詠んだことから、このあたりは「近江八景」とも呼ばれており、その一景が浮御堂である。

後世、江戸の画家歌川広重が近江八景を描き、その一枚に、浮御堂の上空を飛ぶ雁の一団の情景を描いた「堅田落雁」はあまりにも有名になり、多くの旅人の憧れと郷愁を誘った。

橋桁あたりの葦の藪が騒々しい。

湖面のあちこちに泡が立ち、小さな渦の中に魚の背びれがいくつも見えた。

鯉や鮒の産卵がはじまったのであろう。

「みごとな眺めよ」

陣屋の庭は湖岸まで広がっている。

岸辺まで歩いてきた忠直が、嘆息をもらした。

「ほんに、美しい景色にございます」

付き添っているお蘭もうっとりとしている。

「そちも、ずいぶんと疲れたであろう」

「いいえ、旅を楽しんでおります」

「ここを立って大津まで。この眺めもそこで終わりじゃや。目によく刻んでおくがよい」

「そのようにいたします」

「そちには苦労をかけるな」

「何をおっしゃいます。殿様のお供をゆるされただけで、蘭は嬉しゅうございます」

「豊後では、越前の暮らしのようにはまいらぬぞ」

「心得ております。蘭は殿様のおそばに置いていただけるだけで仕合わせにございます」

「そうか。ならば、豊後で心静かな日々を送ろうではないか」

「はい」

湖面をわたる薫風が、肌に気持ちよい。

「殿」

「おお、佐治か。いかがした」

「このようなところに、長居はなりません。どうか、陣屋にお入りください。まもなく陽が落ちます」

影はいつ襲ってくるかわからない。しかも、手段はえらばない。それが忍の者だ。

小兵衛太は忠直を陣屋に誘った。

あたりはすっかり暮れて、岸のさざ波だけが単調な調べをくりかえしていた。

昨夜の堅田宿は、なにごとも起きなかった。

だが、今日の旅程はいちばん森の深い比叡の山麓を通る。

かならず影は襲ってくる。あと三人は残っているはずだ。

忍びの習性として、あきらめて仕事を放棄することは、雇い主の特別の指示がないかぎりあり得ないことだ。忍びはしつこい。

影たちは、どこかでこちらの動きを見張っている。

小兵衛太と千草は旅人に扮して、一行より先に立った。

一行の先を歩いて、影を洗う。それでも、一行とはあまり距離を隔てられない。

小兵衛太が先を行き、千草が小兵衛太と一行の中間を歩き、通報掛をつとめる。

大正寺川、大宮川を渡り、やがて坂本に入った。

湖岸には、廃城となった坂本城の石垣が苔に埋もれている。

本能寺の変のあと、山崎の合戦で羽柴秀吉に敗れた明智光秀は、自城である坂本城をめざして撤退中に、小栗栖の山中で賊に襲われて落命した。

明智の残党は秀吉の将堀秀政によって囲まれ、坂本城とともに滅びた。

石垣は、光秀のそんな物悲しさを伝えている。

坂本城は、信長が比叡山に籠もった朝倉・浅井連合軍を討つため、比叡山を焼き討ちしたあと、要衝の地である坂本を治めるため、光秀に命じて作らせた城である。

その光秀によって信長が討たれたのであるから、当時の人々は比叡山の祟りだと恐れた。

賑やかな坂本の町を少し外れると、八王子山の麓にある日吉大社の赤鳥居の前にさしかかる。ここの鳥居には珍しく山形が乗っている。

東本宮と西本宮によってなる日吉神社の社域は、鬱蒼とした森に囲まれている。

参詣人のふりをして、境内を探っていた千草の眼が、さきほどから挙動のおかしなふたつの影をとらえていた。

小兵衛太は、境内にある茶店の縁台に腰を下ろして茶をすすっている。

千草は、何気なく小兵衛太のそばに近づき、となりに腰をかけた。

「小兵衛太、ふたりいるぞ」

千草がささやいた。

「ひとりは、背の低い修験者ではないか」

「そうだ」

「もうひとりは、ほれ、あそこで砂利道を掃いている神官」

小兵衛太があごをしゃくった先には、背をかがめて参道を掃き清めている神官の姿があった。

「ちっ。知っていたのか」

「そうがっかりするな。ふたりの眼に狂いはないということだ」

「あいつら、殿さまの一行がここを通るときを狙うだろうか」

「まちがいない。そろそろやってくるぞ」

「どうすればいい」

「おまえは殿様の駕籠を見張れ」

「小兵衛太は」

「おれは、あやつらに張りつく」

「わかった」

ふたりは示し合わせた。

昨夜。影三人も密かに談じていた。

六人のうち、三人もが殺られた。

影たちは伊賀の里を離れるとき、遠国御用ということにしておいた。

遠国御用とは、仕事を依頼されて遠国へ忍んで入り、間諜の仕事をする。

仕事の依頼主は、だいたいが将軍か幕府か大名であったから御用という。

大抵は命がけの仕事で、戻ってこれる保証はなかったから、里を離れるときは家族だけで陰葬を営み、残された家族は陰膳をあげて無事を祈る。

遠国御用といえば、だれも仕事の内容について口をはさまないのが忍者の掟である。

それにしても。戦ならまだしも、三人もの忍者が御用でもどらなければ、里の者は大騒ぎするだろう。

だからこそ、家族に預けた仕事料は固く口封じしてある。

「思いもよらなんだが、三人が斃れた。遺骸は寺に頼んで埋葬してもらったが、こうなれば仕事もさることながら、なにがあっても甲賀忍を斃して仇をとらねば、里には生きて帰れぬぞ。大恥じゃ」

「頭、あすの仕掛けも勝手か」

「いや、おまえたちふたり、あすは組んでやれ。場所は、日吉大社の門前。行列を乱し、混乱する隙にまず駕籠をやれ。必ず仕留めよ」

「ふたりで駕籠を襲うのじゃな」

「そうじゃ。さすれば、甲賀忍が必ずあらわれる。そこで三人の仇をとれ。おまえたちの骨はおれが拾うから心配するな。死に物狂いでやれ」

影たちは、そういうことになっていた……。

そうこうしているうちに、一行を先導している牧野伝蔵の馬が、朱塗りの鳥居前にさしかかった。

千草は立ち上がって通りの方にむかったが、小兵衛太はまだ縁台に腰をかけ、境内にいる二つの影に眼をくばっている。

こちらが察したということは、影の方でもこちらのふたりに感づいているのだろうか。

細心の心配りをしているつもりであったが……。

――影はまだ動かない。

修験僧は、鳥居脇の桜の古木の下に腰をおろして、煙管をふかしている。

神官は、参道を掃きながら、こちらに近づいてくる。

修験僧も神官も、一見、変哲もない自然な人の動きだが、小兵衛太の眼で見れば、それは殺気立った異常な動きに映る。影の臭いを感じる。

鳥居のむこうに忠直の駕籠があらわれたとき、参道を掃いていた神官が抜刀して走った。

これに合わせたように、修験僧も仕込み刀を抜き払って走った。

「どーん」という破裂音とともに白煙がたちこめた。

二つの影が、行列にむかって同時に焙烙火矢を投げた。

つぎには、ぱらぱらと黒い塊が砂利の道に散らばった。撒菱だった。それも相当の量が撒かれた。

二つの影は菱のない除け道をたくみに選びながら、忠直の乗った駕籠にむかって疾風のように走る。

「くせ者じゃ！」

馬上の牧野伝蔵が叫んだ。

護送の役人が太刀を抜いて、影に立ちむかおうとしたが、菱を踏んで前に進めない。

その役人に影が躍りかかった。

ひとりは腕を切り落とされ、ひとりは足を払われた。

あたりに鮮血が飛び散り、日吉大社の門前はときならぬ騒ぎとなった。

そこへ警護の兵が抜刀して、影を取り囲んだ。

怒号が飛び交い、太刀を斬り結ぶ金属音が深い森に響きわたる。

「斬れ、斬れ！」

牧野が大声で命ずる。

縁の下や天井裏の狭い場所なら、圧倒的に忍者が強い。だが、ここは白昼の往来である。

忍びにとっては分が悪い。

二つの影と武士たちが入り乱れて、烈しい斬り合いがはじまった。

ときならぬ騒ぎに、旅人や参詣人たちは驚き、遠巻きにして固唾を呑んでいる。

騒ぎの中、いつしか小兵衛太と千草は忠直の駕籠に張りついていた。

影が無言のまま右に左に風のように走る間に、一人、二人と護送役人が斬り斃される。

役人の防御戦が崩れたとき、修験者の影が忠直の駕籠をめがけて走った。

同時に、小兵衛太が影にむかって走った。

すれ違いざま、小兵衛太の太刀が影の胴を払った。

影は空に飛んで小兵衛太の太刀を避け、忍刀を水平に構えて小兵衛太に体ごと突き当たった。

小兵衛太は太刀で忍刀を払い、膝頭を影の水月に蹴り入れた。

「ぐふっ」と呻いた影が前のめりに崩れた。

小兵衛太が影に太刀を浴びせようとしたとき、

「待て。そやつを生かして、委細を吐かせよ」

駕籠の中から忠直が命じた。

小兵衛太はすかさず影の両腕をうしろに締め上げ、捕縄をかけた。

伊賀忍なら縄抜けの術も心得ていようが、関口流の縄術はもがけばもがくほど縄が体に食い込む。

小兵衛太が影の覆面を剥いだ。

だが、すでに修験者の影は舌を噛み、口から血をこぼしていた。忍者としてはさすがにみごとな最期である。

護送役人の中にも手練れはいた。

神官姿の影を、一人の武士が鳥居の奥まで追いつめていた。

太刀の闘いとなれば、しかも戦場の経験のある武士なら、断然に有利である。

その太刀筋からして、この武士は人を斬っている。小兵衛太にはそれがわかる。

「小山内、そやつを斬れ」

馬上から牧野が命じた。

影はしゃにむに小山内と呼ばれた武士に斬りかかる。

影の忍刀は直刀で、しかも短い。

およそ四半刻にわたって斬り合った末、武士が影を袈裟に薙いで切り伏せた。

太刀の柄を握った武士の手から血がしたたり落ちている。腕を斬られたのであろう。

騒ぎを遠巻きにしている群衆の中に、刀創の頭が一部始終を見ていた。

自分の配下の伊賀忍五人が、仕事を達成できずに殺られてしまった。

「これほどの伊賀忍を失うとは……」

男の顔から血が引き、青ざめている。

だが、すぐに怨念の形相に変わった。

配下の者に対する供養は、残された自分が仕事を果たしたあと甲賀忍を葬るしかない。

その決意が男の顔にあらわれた。男は舌を打ってその場から消えた。

第十章　京洛の別れ

1　武士の人情

「待て、待て」

騒ぎを聞きつけた大津の代官が、配下の同心を引き連れ騎馬でやって来た。

代官は馬上の牧野伝蔵に近づいた。

「拙者は大津代官である」

若い大津代官は、居丈高に胸をそらした。

「その方らどちらのご家中か。この地が幕府御天領であること、よもや知らぬとは申させぬぞ。無礼である、下馬されよ」

大津代官といえば、万石の大名にも匹敵する幕府の役職である。

「往来を騒がせてかたじけない。拙者、幕府目付牧野伝蔵と申す。ご公儀の用にて西国への途次。思わぬところでくせ者の襲撃をうけ、討ち果たしたところでござる」

「牧、牧野伝蔵、どの……。これはご無礼仕りました」

代官は牧野の名を聞き、あわてて自ら馬を降りた。

牧野伝蔵といえば、大坂の陣のおり、大坂城の櫓に大砲を撃ち込んで破壊した強者で、いまでも語り草となっている。

代官は、駕籠をみてさらに驚いた。

駕籠には、なんと葵の御紋が打たれている。

――西国へむかう三つ葉葵の御紋。

そこで代官は、はっと気づいた。

「控えよ！」

代官は同心や小者に命じ、自ら駕籠のそばに膝を折った。

「ご面倒をおかけする。先を急ぐゆえ、あとあとのご処置、よろしく頼み入り申す」

牧野の言葉に、

「しかと承知仕りまする。道中ご無事にて」

代官は牧野に約し、つづいて駕籠にむかって深々と頭を下げた。

一行は列を整え、何事もなかったかのように先を急いだ。

小兵衛太の働きをみた牧野は、今日確信した。ただの料理人ではないことを。

忠直公がそばで重用する男として、申し分のない者であることが知れた。

さすが越前公、よき家臣を付けておられる。
だが、このことは牧野の胸におさめた。
一行は大津を抜けて京洛に入った。
騎馬を先頭にしたときならぬ行列の都入りに、京洛の人々は眼を瞠った。
しかも、駕籠には三つ葉葵の御紋。通行人はそっと道を譲った。
徳川家の威光は、すでに都にまで行き届いている。
本来ならば、忠直は二条城か伏見城に入るべき身である。
宮中での叙爵や秀忠のお供で、たびたび京を訪れた。そのときの居城は伏見城だった。
だが、いまは二条城にも伏見城にも入れる身分ではない。
そのうえ、自分の京の居宅である越前伏見屋敷に入ることさえ許されない。
科人の身であれば、洛中、禁裏の近くでは憚りがある。
今夜の宿所は洛東の南禅寺である。
ここは祖父家康ゆかりの寺でもある。
三十年前に焼失した山門はまだ再建されていなかった。
藤堂高虎によって山門が寄進されるのは、このときより五年後である。
境内からは京の町並みが一望できた。

東山の山麓に広がる広大な敷地は、深い森に包まれている。

まだ敵が襲ってくるなら、ここは絶好の標的であろう。自分ならここを選ぶ。

小兵衛太はそう思う。

護送役の牧野は、敵の正体をうっすらと見破っていた。

あれほどの忍者が使えて、しかも配流の身である忠直公の命を執拗に狙う思惑を秘めた人間は、江戸、しかも幕府の中枢にある人間にしかできない。

――何のために、誰が。

そこまでは牧野にも想像がつかない。

卑劣で胡乱《うろん》なことを考える人間はいつの世にもいる。

牧野の性格はこれを嫌った。

たとえ伊賀忍の背後にうごめく影が巨大であっても。

――なんとしても中将公を無事に九州へ。

牧野は肝を固めた。


白玉と松と苔むした岩が配された枯山水の中庭。

その庭に面した客殿が忠直に与えられた。

広い境内のあちこちにかがり火が焚かれ、天を焦がしている。

今夜は特別に警戒が厳しい。

これも牧野の指示であろう。

そんなところへ、古老の武士がひとり訪ねてきた。

警戒の役人が駆け寄り、

「何者か！」

誰何した。

武士は腰を折り、

「拙者、越前松平家伏見屋敷番頭をつとめおります堀清兵衛と申す。護送役さまにお願いの儀あって参上いたしました。お取り次ぎくだされ」

越前松平家と聞いて、役人の一人が牧野の部屋へ走った。

「なに、伏見屋敷じゃと。して、何人ほどじゃ」

「番頭と申す者ひとりにございます」

「ひとり……。よし、通せ」

「こちらでよろしゅうございますか」

「構わぬ」

堀は牧野の部屋へ通された。

「越前家の者が、配流人に近づくこと法度であるを知らぬか」

「重々承知致しております」

「知っていながら、何用あって参ったか」

「われらが旧主、中将様には、こちらの寺にてご宿泊と聞き及びましてございます」

「うむ。たしかに」

「御法度は重々承知ながら、伏見屋敷番士一同、殿のお見送りいたしたく参上致しました。どうか護送役様のお情けをもちまして、殿にひと目……」

「お会いしたいと申すか」

「はっ。是非に」

「一同、どこにおるか」

「門前にて控えており申す」

「堀どの、と申したか。わしはご公儀護送役じゃ。役目がら、どのようなことがあろうと法度は曲げられぬ。じゃが、こたびの行列、一度ならず賊に襲われた。ここの寺は広すぎて、護送役だけでの警戒ではちと心細い。京都所司代板倉宗重どのに手勢を頼もうかとも思うたが、そうも参らぬて」

「……」

「どうじゃ、堀どの。今宵、越前家伏見屋敷の一同が、この寺の警備に当たってくれると申すなら、わしとて心強い。ことに客殿あたりの警備を頼みたいが、どうじゃ」

「お目付さま……」

堀の肩が小刻みに震えた。

「ありがたく、お引き受けいたしまする」

「そうか。ならば、一同を境内に導き入れよ」

「かしこまりました」

「申すまでもないが、あくまで警備の助勢じゃぞ」

「承知仕りました」

牧野の特別なはからいで、およそ三十人の伏見番士が隊列を組んで南禅寺境内に入った。

その気になれば、主人の奪還もできそうな危険な集団であった。

牧野がその危険を感じないわけではなかったが、それでも番士たちを招き入れた。

「その方ら、いちど客殿の中庭に集まれ」

牧野の命によって、一同は客殿裏に集められた。

「このようなところへわれらを集め、まさか不意打ちでもあるまいな」

番士の中にはそんな疑念を口にする者もいる。

「中将様、廊下へお越しくださいませ。貴家伏見屋敷の番士たちがそろっておりま

す」

　牧野が、忠直の部屋を訪ねてそう告げた。

「なに、伏見の番士どもが……。まさか、貴公その者どもを寺へ入れたのか」

「中将様がうらやましく存じまする。どうしても今宵の警備に就きたいと」

「貴公のありがたき温情。忠直、生涯忘れぬぞ」

　牧野に促されて廊下に出ると、伏見番士たちが平伏していた。

「殿！」

「殿！」

　番士たちは忠直の姿を見て、口々に叫んだ。

「護送役どのの思わぬ慰みをうけた。おお、堀の爺ではないか。久しぶりじゃのう」

「殿、お久しゅうございまする」

「こたびは、みなに心配をかけた。余はこれより豊後に下るが、皆も達者で暮らせ。国許に帰るときがくれば、余に代わって仙千代を援けてほしい。頼むぞ」

「殿！」

番士たちは嗚咽をかみ殺している。

2　仕事人の最期

今日の夕刻、一行が南禅寺に入ったのを見届けた刀創の頭は、東海道を外れて東山の山中に分け入った。

その麓に南禅寺がある。

この一帯は森が鬱蒼として、身を隠すには都合がいい。

すでに五人を失い、自分一人となった。

頭は、これまでずいぶんと忍者としての仕事をやってきた。

命拾いをしたことも、一度や二度ではない。

あるときなど、城の堀に浸かったまま、堀の水だけを飲んで十日も過ごしたことがある。

戦場では、間諜や計略や奇襲を得意とした。

落ち武者狩りもやり、多くの兵を殺した。

戦が止んだあとは、東北から西国まで、大名とその領国の動きを嗅ぎ回った。

それは先祖代々。身を守り土地を守るため。そして、暮らしの糧を得るために、培ってきた忍の術を活かしてきたにすぎない。

だが、いまの世は忍者の仕事もめっきり減った。

狭くて痩せた土地ながら、帰農する者が増えた。

そんなときに舞い込んだいい仕事だった。

仕事料は十分すぎた。

忍者としては歳をとりすぎた。これを最後の仕事にするつもりだった。

最後の仕事が、こんな結末を迎えようとは。

ケヤキの大木に背をあずけ、沢の水で忍刀に研ぎをかけながら、

「あいつらの弔いをしてやらにゃ」

そんなことを考えながら、男は口ひそむ。

陽が落ちたあとの暗闇に、南禅寺の境内だけが浮かびあがる。

男は、裏手の山から軽々と寺の築地塀をこえて、拝殿の床下に滑り込んだ。

ネズミのように床下を這い、忍者の本能で客殿を探り当てた。

大方丈、庫裏、客殿はすべて廊下でつながっており、三つの建物に囲まれてみごとな枯山水の庭が配されている。

夕刻、この寺にあらたな手勢三十人ほどが加わったのを見た。

「何百人に膨れようが、こっちの仕事にゃ関わりねえ」

男は、客殿の床から少し離れた場所に腰をおろし、床柱に背を当てて足を放り出した。

忍者は気配を消すことができる。忍者の気配を覚れるのは忍者でしかない。たとえ何十、何百という警戒の武士がいても、忍者の気配は覚れない。

警戒の手が薄くなるのは夜明け前である。

床板をめくり、畳をずらして寝所に忍び入り、一気に忠直の寝首を掻く。

もし失敗すれば。そのときは自分の首を掻く。

「どれ、それまでひと寝入りするか」

男は眼をつむった。

――刹那。

「動くな……」

低い声がした。

男の首筋には小太刀の刃が当てられていた。

「動けば首を掻くぞ」

声の主は小兵衛太だった。

「甲賀か」

小兵衛太は応えない。

「伊賀か」

男も応えない。

「敵にしておくには惜しいやつだ」

男が言った。

「伊賀とは争いたくはないが」

「主のためにわしを殺るか」

「それが甲賀だ」

「甲賀はいつも旨い飯を喰ってきた。が、伊賀はいつも冷や飯だ」

「飯のために勤めているわけではない」

「恰好つけるな。甲賀の悪い癖だ」

「伊賀は時代が読めぬ」

「だから伊賀が同心で、甲賀が与力と言いたいか」

「昔はともに戦った」

「伊賀を裏切ったは甲賀じゃ」

「伊賀も甲賀も、所詮は武士の捨て駒」

「では、なぜ武士のために働く」

「おれは武士だ」

「武士だと?」

「先祖の出が甲賀だ」

「甲賀崩れか」

「その甲賀崩れに遅れをとったではないか」

「歳のせいじゃよ」

「聞いても無駄だろうが、仕事の依頼人は」

「バカめ」

「たしかに」

「おまえたちが狙っている相手の素性は知っているのか」

「知らいでか」

「なるほど」

「つまらぬことを聞くな」

「五人を失った頭と見たが。さて、どうする」

「どうするとは？」

「黙ってここから去るか。それとも」

「命乞いをして裏切れと言うか。やはり甲賀者じゃの」

「そうか。最期の望みがあれば聞いてやる」

「ある」

「なんだ」

「おれの遺骸を人知れず裏山に埋めてくれ」

「里の誼《よしみ》だ。そうしてやろう」

「最期に、里の誼などと聞けて嬉しいぞ」

男は、懐から取り出した薬を口に放り込んだ。

小兵衛太の小太刀が男の喉を掻いた。

ごぼっと音がして、温かいものが小兵衛太の手にこぼれた。

翌朝。一行は南禅寺を立った。

広い境内を抜けて金地院の門にさしかかると、門の脇に、徹夜の警備に当たった伏見の番士たちが両手をついて忠直を見送った。

「ここまでなるぞ」

牧野が番士たちに告げた。

忠直は駕籠の窓に手をかけたが、開くのを押しとどめた。

終章　南国のやすらぎ

1　将軍の決断

忠直の一行はようやく堺の湊に着いた。

越前北庄を出てからおよそひと月半。

そのうちひと月は敦賀に留まっていたから、旅程は半月ほどの緩やかなものだった。

堺の湊では驚嘆すべきことが起きていた。

海上には、旗や幟を押し立てた百艘にちかい軍船がひしめき合っていた。

その光景は、まるで海戦のような物々しさである。

――旗印は。

藤堂家、浅野家、蜂須賀家、山内家、細川家、鍋島家、黒田家など、いずれも西国外様大名たちの軍船ではないか。

そればかりではなかった。

鳥羽、九鬼、村上、十市などの水軍旗も見える。

忠直の乗る船は、大坂城代内藤信正差し回しの幕府軍船だったが、その警護を名目に、夥しい軍船が寄せ集まった。

それらの軍船は、いまでこそ徳川幕府に臣従しているとはいえ、豊臣恩顧の外様大名たちが派遣した軍船だった。

かつて羽柴秀康と名乗っていたころの父が、いかに西国大名たちから慕われていたかを如実に示す光景であり、また、外様大名たちの徳川幕府に対する物言わぬ反抗心を示す光景でもあった。

徳川家門の忠直を護るために、外様の大名たちが示した情誼であり、気概でもあった。

この光景の中にこそ、幕府の古老たちがもっとも恐れたものがあり、忠直の行列が四たびも刺客に襲われた原因が内在しているのである。

大船団は春の潮風をうけて、瀬戸の海を西に向かって滑り出した。


――元和九年（一六二三）五月二十日。

大船団はかんたん湾（別府湾）に入港した。

——江戸土井大炊頭屋敷。

「六人とも殺られたか」

「面目もございませぬ」

「伊賀忍も、平和な世には役立たずになってしもうたか」

「……」

「まあよい。高い銭は失うたが、越前公もさぞ肝を冷やされたであろう。幕府に楯突けばどうなるか、少しは身にしみたであろう。公を九州に封じ込めればそれでよい」

「伊賀では里の者が六人も行方不明になり、騒ぎになっております。新手を豊後へ差しむけましょうか」

「もうよい、放っておけ。狭い土地じゃ、よそ者が近づけばすぐ知れよう。必要なら、打つ手はいくらでもある。それにしても、公のそばに付いておる甲賀者とやら、なかなかに手練れのようじゃな」

「申しわけございません」

土井が嘆息を漏らしながらも仕事の失敗を責めず、意外に満足げである表情に、詰め腹を覚悟していた神野正成は胸をなでおろした。

越前忠直が、配流地豊後にやって来たという知らせは、九州の大名たちに疾風のように奔った。

配流の身とはいえ、大国越前の元領主であり、しかも制外の家として徳川御家門筆頭格の身である。

小藩で、しかも外様大名の割拠する九州にあって、忠直の豊後入りは驚きと畏敬を持って迎えられた。

忠直を預かるのは、府内藩主竹中采米正《たけなかうねめのしょう》（重義《しげよし》）である。

竹中氏は美濃の斉藤氏の武将であったが、関ヶ原の合戦において西軍から東軍へ寝返り、その恩賞として父重利が府内二万石を与えられた。

かの軍師、竹中重治（半兵衛）は父重利の従兄である。

忠直には幕府から厨料として五千石が与えられた。

五千石といえば、府内藩の四分の一に相当するが、六十八万石の太守からすれば少ない。

それでも、配流の身には余るもので、忠直に不満はなかった。

当初、忠直の居館は府内城下萩原《はぎわら》の地に置かれた。

萩原館は三方を水路に囲まれ、北側は海に面していた。

もとは岡藩（七万石）の蔵屋敷だったが、急きょ手を加え、暮命によって忠直の居館とされた。

居館となった萩原村の外周二里は、乗馬、帯刀が禁じられ、忠直の噂や評判をした者は厳しく処罰された。

これより、毎年二人の監察吏が幕府から派遣され、一年交代で忠直の監視に当たることとなったが、相手が忠直であるだけに、監察吏には旗本の中から書院番格の大名ならびに番士が当てられた。

さらに府内藩からも家士二人、足軽二十人が交代で居館の警護に当たることになった。

そのうえ、府内藩から佐久間彦兵衛という家臣と、幕府から花輪藤兵衛という旗本の二人が差し回され、居館の奉行として館務全般を取り仕切った。

それにしても、身ひとつと愛馬の真田栗毛、細迫、定抜の三疋を引き連れたほかは、生活道具、家具、衣類などはほとんど持ち合わせていなかった。

そのうえ幕命により、越前藩からの支援は一切禁じられていた。

そのため、越前南条村の庄屋丸岡源吾ら越前衆が、日用品から銀子までを、わざわざ越前から運んで来た。

越前では、忠直の悪評が意図的に広く流布されてきたが、忠直を慕う領民はむしろ多い。

豊後での生活もようやく落ちついたその年の秋。

長旅の疲れと極端な暮らしの変化がこうじたのか、側室のお蘭が亡くなった。

豊後に入ってからわずか半年後のことだった。

忠直の悲しみは深かった。

府内藩主竹中正義は、領内の僧四十人を集め、お蘭の葬儀を盛大に営んだうえ、忠直の悲しみを思い、一年の間、領内における歌舞音曲を禁止して喪に服させた。

お蘭の遺骸は城下の浄土寺に葬られた。

だが、忠直の悲しみはこれにとどまらなかった。

旅の途中、栃の木坂の峠で、

「ゆきはきらい」

と言って、積もった雪をちょこんと蹴った愛娘のおくせが、やはり急に変わった生活の変化になじめず、母親のあとを追うように翌年の正月九日、わずか四歳で亡くなった。

潮風をうけ、湿った土地での生活が体を蝕んだのであろう。

——この間。

越前と江戸では大きな動きがあった。

忠直が改易同然の罪によって配流となったのであるから、並の大名であればその領地を嫡子が継承することなどあり得ないことである。

将軍秀忠は老中たちの反対を押し切り、九歳の仙千代に忠直の越前六十八万石を継がせた。

江戸城で暮らしていた仙千代は、父忠直と入れ替わりに北庄に入った。

そして七月。

秀忠は、将軍職を十九歳の嫡子家光に譲り、自らは大御所となった。

大御所となった秀忠は、元服して光長を名乗った仙千代を、越前の暮らしは不憫であるとして、母（勝姫）とともにまた江戸へ呼び戻した。

忠直暗殺の謀略が土井利勝の独断であったのか、それとも老中四人衆の総意であったかは定かでないが、いずれにしてもその謀略は失敗に終わった。

大坂城代内藤信正からの報告で、堺の湊に西国大名の軍船が集結していたことを知ったときは肝を冷やしたが、忠直が恭順に九州へ下ったことに、一同は胸をなでおろした。

四人衆にとって、ようやく待ちに待ったときがやって来た。

家光の将軍就任である。

四人衆はさっそく家光に献策した。

越前は北国枢要の地であり、ご幼少の光長様に任せることはできないという理由により、ついに越前六十八万石に手を付けた。

——その結果。

一、忠直の弟忠昌をあらたに越前藩主とし、領国は十八万石削って五十万石とする。

一、忠直の嫡子光長は、忠昌の旧領越後高田二十五万石とする。

一、忠直の弟直政には、越前大野五万石を与える。

一、忠直の弟直基には、越前勝山三万石を与える。

一、忠直の弟直良には、越前木本二万五千石を与える。

叔父（忠昌）と甥（光長）が領地交換となり、越前藩は分与縮小された。忠直配流によって、大国越前は小さく支藩化されて力を削がれた。それでも、始祖秀康からみれば、越前松平家は合計領国高八十五万五千石に膨れあがり、十七万五千石の加増となった。

大御所秀忠の手前、老中たちの思惑もそれが限界だったのであろう。忠昌は越前に入国してから、北庄を「福井」と改名した。城下に、「福の井」という名水の湧く井戸があったからともいわれている。

越後から越前に入国した忠昌は忠直の旧臣たちに、

「大身、小身、近習、外様に限らず、いずれも福井にとどまるも越後へ随従するも、望み次第である」

と言い渡した。

この言葉の意味するところは、同じ松平一門の領地換えであるから、家臣たちは各々自分の暮らし向きを考えて身の振り方を選んでよい、ということである。

兄忠直の去ったあと、松平一門を束ねることになった忠昌の気負いとも思えるが、家臣を思う忠昌の情け深い処遇といえる。

忠直の譴責をうけた次席家老の本多成重は、丸岡藩四万八千石として独立し、大名の列に加えられたが、主席家老の本多富正は福井藩の重鎮としてそのまま残った。

幕府の一連の処遇に忠直は安堵し、大御所秀忠に心より感謝した。

2　津守館

――寛永三年（一六二六）正月。

忠直の居館は、萩原の館からあらたに造られた府内城下津守《つもり》の地に移った。忠直三十二歳のときである。

萩原館があまりにも手狭で湿気が高いため忠直に申し訳ないと、府内藩主竹中重義の配慮だった。

ここは萩原にくらべ、強い潮風の吹かないおだやかな内陸の農村だった。

居館建造にかかる費用は、豊後一円の大名たちがこぞって拠出した。

敷地二千八百坪。東西に門を構え、矢倉、外番所、内書院、渡り間の客室、居間、御湊間など、棟数二十余の立派な居館が完成した。

流人の居館にしては立派すぎるが、豊後の大名、とりわけ外様の大名たちが、いかに忠直贔屓であったかが知れる。

敷地の中に、こぢんまりとした居宅が一棟あった。

住人は、あの小兵衛太と妻になった千草のふたり。

二人はいまも忠直のそばに仕えている。

忠直は居館から外へ出ることは許されていない。

小兵衛太はときどき忠直の碁の相手にもなる。

主従の間ながら、いまでは忠直を慰める友でもある。

「小兵衛太よ、そちにはすまぬことをした。越前か越後に戻りたくばいつでも戻ってよいぞ」

「殿！」

「殿はよせ。わしは一伯、流人の僧じゃ」

「なにを仰せられます。わたくしはここ豊後の地がとても気に入っております」

「千草とはうまくやっておるか」

「あの女子は気が強くて困ります。朝から晩までくどくどと申しまして」

「ははは。千草は気が強いか。それも致し方あるまい。なにせ甲賀の女忍ゆえな」

「いつ寝首を掻かれるか、心配でなりません」

「ならば、子づくりにはげめ。女は子をなすと優しくなろう。ただし、一層強くなる女もあるゆえ気をつけろよ」

「殿、ところで隅が詰まりましたが」

「なに。待て、待て。そちがのろけ話をもちだすゆえ、つい気がそれたわ。その黒一目外せ」

「なりません。今日は真剣勝負にございます」

いつもこんな調子である。

忠直は神仏への畏敬の念のつよい人だった。

越前のころは、城下の小さな社まで手厚く保護し、とりわけ敦賀気比神宮への思いは強く、正遷宮を行っている。

豊後においても、多くの神社仏閣の修理、再建に尽力したほか、さまざまな物を寄進、奉納しているが、それらは現代もなお豊後（大分県）の地に残されている。

また、武将としての気概はいつも忘れず、津守館の北側には馬場を設け、朝夕愛馬を責めて汗を流していた。

ことに、越前から連れて来た三疋の愛馬のうち真田栗毛は、大坂夏の陣の折に真田幸村が家康の陣を怒濤のように責め立てたときに跨っていた、幸村の愛馬であったという。

忠直は、敵ながら武勇の誉れ高き武将である真田幸村にあこがれの情を抱いていたのであろう。幸村亡きあと、その愛馬を引き取った。

科人《とがにん》として、津守館の外には一歩も出ることが許されなかった忠直にとって、唯一、無聊を慰めてくれたのは、館近くにある円寿寺の寛佐法印だった。

寛佐は歌僧で、ことに伊勢物語、源氏物語などの奥義をきわめた人だった。

京都に長く住んだ寛佐は、豊後の僻地にあって唯一京文化の芳香を匂わせてくれる人であり、物語の講義は忠直の心を慰めてくれた。

津守館には、領内の庄屋たちの心遣いによって、台所、掃除、雑用、水運びなどの用人を出してくれた。

忠直はそんな村人たちに気さくに声をかけ、ときには庄屋を招いて労をねぎらったりもした。そんなことから、村人たちは忠直のことを、「まことにご仁恕の厚きこと、村民が皆知るところなり」と評している。

このように、忠直はここ豊後で心安らかな暮らしを送っていた。


そしてもう一人。牧野伝蔵である。

牧野は幕府の目付であったが、護送役として越前から豊後まで忠直の護送に当たった。

その牧野、江戸からやって来た二人の府内目付と交代して、いったんは江戸に戻ったが、いままた、正式な府内目付として豊後に下って来た。

――寛永十四年十月二十日。

島原半島の農民たちが蜂起した。

蜂起の首領は益田四朗時貞、地元では「天草四郎《あまくさしろう》」と呼ばれている少年キリシタンだった。

この乱はのちに「島原の乱」と呼ばれる。

年貢の取り立てが厳しかった島原有馬の農民と代官の衝突をきっかけに、島原全体に一揆が起こって、農民たちは島原の原城を囲んだ。

これに呼応した天草の農民も蜂起し、富岡城を囲んだ。

島原、唐津両藩はこの騒動を幕府に伝えるとともに、近隣諸藩に援兵を要請した。

しかし、武家諸法度には、幕府の許しがなければ、いかなる理由があっても領外派兵はできなかった。

そこで九州諸藩は、九州で唯一の幕府出先である豊後の府内目付のもとへ急使を立てて、出兵の許可を求めた。

そのとき赴任していた目付が、牧野伝蔵だった。

牧野は九州の大名たちから援兵の許可を求められたが、牧野にその権限はない。

牧野とすればこの窮状を江戸に急報し、大坂城代に指示を仰ぐほかなく、使者に

対して、

「援兵の儀は、江戸から沙汰あるまで思いとどまるべし」

と申し渡すほかなかった。

このとき幕府は、参勤のため江戸にいた府内藩主日野根吉明（竹中重義改易、切腹後、下野国より入部）に、

「即刻帰国せよ」

と命じた。

豊後の地は大友宗麟の時代よりキリシタンの多い土地である。

幕府は、豊後キリシタンが島原へ呼応することを警戒して、日野根を帰国させた。

同じ頃、京都所司代板倉重宗と大坂城代阿部政次が連署して、豊後内の日出、臼杵、岡、佐伯、森の諸藩に回状を届けた。

その内容は、豊後はキリシタンの多い地であるから、島原の一揆に呼応しないよう、領国の国境警備を強化せよというものだった。

結局、幕府の許しを得た近隣大名は、島原に十二万の兵を送り込み、原城に籠もった農民と激戦に及んだが、これを鎮圧した。

牧野伝蔵は幕府軍監として島原に赴き、九州藩兵の戦況を見届けた。戦国最後の戦である。

原城の陥落とともに自害して果てた十七歳の天草四郎に、牧野はどのような思いを抱いたのであろうか。

――慶安三年（一六五〇）九月十日。

罪を許されることなく、忠直は五十六歳の生涯を閉じた。配流人として自由を奪われながらも、豊後（大分県）の津守館で安らぎの生活を送った。

3　戦国最後の風雲児

元

越前六十八万石藩主

従三位参議

左近衛権中将

越前守

松平忠直

豊後の暮らしは二十七年に及んだ。

死の間際、子供らを枕辺に呼び、

「もし、おまえたちが許されて越後へ帰ることがあれば、兄光長をたすけて、越後をしっかり守れ」

そう言い遺したという。

忠直の死は、館奉行河村七衛門から直ちに府内藩主日野根吉明と府内目付に知らされた。

両者は、これを海路、陸路の両方から幕府に報告した。

科人の死は、幕府のきびしい検死をうけなければ、葬儀を執りおこなうことができない。

その検死役として、過去四回府内目付の経験がある真田長兵衛が江戸からやって来た。

このころになると、津守館は弔問にやって来た西国大名の使者たちであふれた。

忠直の嫡子、越後高田藩主松平光長のもとからは、家老堀三郎兵衛一行二十五人。

同じく、内用人佐野五郎太夫一行十二人。

そのほかの家士もぞくぞくと府内入りした。

府内城主、府内目付、家老堀三郎兵衛、検死役真田長兵衛の四者は、津守館を訪

問のうえ、一緒に検死を行って忠直の死を確認した。

――十月十日。

忠直の棺は越後からやって来た家士に護られ、忠直が生前菩提寺と定めてあった府内城下の浄土寺に葬送され、了宅上人が導師となって葬儀が営まれた。

浄土寺では、葬儀のあと三日三晩にわたって大法事がおこなわれた。

忠直の法名は西巖院殿相譽連友である。

忠直の遺族は、正室勝姫が幕府に願い出て、嫡子光長の越後に引き取ることが許された。

豊後で生まれた忠直の子供は、

松千代（のち永見長瀬二十二歳）
熊千代（のち永見長良二十歳）
お勘　（のち小栗正矩室十六歳）

の三人だった。

松千代、熊千代の母親は、
おむく（四十八歳）
お勘の母親は、
お糸　（四十三歳）

といわれており、ともに勝姫に庇護され越後に同道した。

世上、忠直と正室勝姫は仲が悪かったと言われているが、勝姫のみごとな采配からして、それは虚説であろう。

遺族の越後引き取りは、翌年三月上旬と決まった。

この間、ふたたび真田長兵衛が府内に下向し、将軍家からの御朱印上使として、
松千代に三千石。

熊千代に二千石。

越後河原崎庄にあてがうという、正式な伝達がなされた。

ともに、異母兄光長の家臣として迎えられることとなったのである。

——三月十七日。

光長から派遣された家老の堀三郎兵衛が越後藩士百五十人を引き連れ、遺族引き取りのため府内に入った。

一行は、御用人、御物頭、御組頭、御膳奉行、御徒目付、足軽、御先手、中間、薬師、医師、飛脚などのほか、松千代、熊千代のために馬二疋が用意されていた。

忠直の豊後下りとは打って変わり、遺族の行列はさながら大名のようであった。

府内城主日野根織部正の先導によって乙津川まで進み、ここで船に乗り、いよいよ豊後の地を去ることになった。

沿道には、別れを惜しむ村人たちが総出でこれを見送った。

村人たちから一伯さまと敬慕されていた忠直。

その人が亡くなり、遺族が遠い北国へと去っていくことを、村人たちは悲しんだのである。


乙津川の岸には、毛利長門守が差し回した二十五艘の船が待っていた。

松千代、熊千代、お勘の召し船はいずれも金銀の飾り付けをしたにぎにぎしいものであった。

お供の数は二百五十余人。その中には、渡邊万作という村の若者もいた。

この者は、松千代たちの遊び相手として、忠直が館の出入りを許していたものであり、請われて越後高田に同道し、十五人扶持、九十八石の知行を与えられた。

松千代たち三人の子供たちは豊後で生まれ豊後で育った。

松千代、熊千代の男子は、津守館から外に出ることが許されず、父同様の扱いをうけていたのである。

館を出るのはこの日が初めてだった。

父のことは幼少のころから周りの人々に聞いてはいたが、いま迎えの行列をみて、父の偉大さもまた初めて知る。

別府の海、高崎、鶴見、由布の嶺々。

遠ざかる豊後の山稜を見つめながら、三人の遺児たちの胸には、これからはじまる越後の暮らしの不安と希望が交錯していた。

はたして、豊後と越後の暮らし。どちらが仕合わせなのであろうか。

三人には影のように付き従う初老の夫婦がいた。

佐治小兵衛太とその妻千草だった。

忠直は光長への遺言の中に、

――この夫婦は余の命の恩人なり。格別に重く用いよ。

と書き留めてあった。

だが、小兵衛太と千草は忠直の遺族を無事に越後へ届けたあと、千草の里である甲賀に移り住んで、静かな余生を送るつもりであった。

光長は父の家臣である小兵衛太に、

「父と同じように、余に仕えてくれぬか」

と、越後残留を求めた。

だが、小兵衛太は、

「ありがたきお言葉。されどこの老躯、殿のお役にはもはや立ちませぬ。なれど、必要とあらばいつでも甲賀よりお召し出しくだされ」

そう言い残して越後を去った。

――承応元年十月。

忠直三回忌の年に、山森助左衛門という越前鳥羽野の庄屋が府内にやって来た。助左衛門は鳥羽野八か村の庄屋を代表して、浄土寺に墓参に訪れた。忠直が村人たちからいかに慕われていたかが知れる。

三代福井藩主松平忠昌以後、二代藩主忠直は歴代藩主には数えられず、年忌や遠忌などの供養は一切禁じられてきた。

しかし、忠直の気概と反骨の気風を継ぐ者が、およそ二百年ののち、ついに越前に現れた。

第十六代藩主松平慶永《まつだいらよしなが》（春嶽《しゅんがく》）その人である。

慶永は初めて福井藩で忠直の法要を営み、忠直配流の赦免活動を堂々と行った。そして、忠直の精進日（命日）には、領内において一切の殺生を禁止させた。御家門でありながら、水戸斉昭、島津斉彬らとともに幕末期に大政奉還を主張し、国政改革に奔走した人でもある。

余談ながら、明るく国を治めるという「明治」の元号は、慶永が中国の古典から

選んで命名されたものである。
　また、その養子十七代藩主松平茂昭《まつだいらもちあき》は、府内浄土寺に家臣を代参させ、御霊屋の修複をさせた。
　忠直は、徳川家康の初孫として誕生し、将軍職の座に最も近い存在でありながら、父結城秀康の気概を受け継ぎ、ひいては幕府に反抗し、その生涯は波乱に満ちたものだった。
　だが、どこまでも武人としての気概は捨てず、まさに戦国期最後の風雲児であったといえよう。

（完）

あとがき

歴史とは時代の経歴であるから、良いことも悪いことも正しく後世に伝えなければ、歴史を残す意義は失われてしまう。

その国の歴史は、その国の民族の歴史であり国家の基盤であるから、後世に生きる人たちのためにも、その時々に生きた人たちは、正しい歴史、真実の歴史を伝えることが義務であると思う。

歴史の検証は、遺された資料と遺物によるが、科学や歴史考古学の発達により、それまで定説とされてきた歴史的事実が覆されることも多い。

ことに中世、古代と歴史がさかのぼるほど、それらの技術によって新しい事実が検証されはじめている。

作り話とか神話とされ、一部の歴史学者たちから侮蔑さえされていた「古事記」、「日本書紀」、「続日本紀」に書かれていることが、現代の科学や歴史考古学者によって、その多くが真実であることもまた立証されつつある。

現代史はすべて正しいのであろうか。

ときの為政者によって、歴史が歪められることはないのであろうか。あるいは、外国の干渉によってこの国の歴史が蹂躪されていることはないだろうか。

「歴史は繰り返す」という名言がある。

わたしたち現代に生きる人々は、歴史の中から多くの教訓を学ぶ必要があるのではないだろうか。

そうでなければ、歴史の中にある「負の遺産」を、また繰り返すことになりかねないのである。そして、歴史は都合のいいように改ざんされてはならないのである。

さて、この小説の主人公松平忠直は、ときの為政者たちによって歴史から抹殺されようとした人物である。

忠直については、当時の公式記録である福井藩の「藩翰譜」、「越藩史略」、「国事叢書」に書かれているが、「藩翰譜」、「越藩史略」、「国事叢書」などに至っては、忠直の死後半世紀以上経ってから書かれたものである。

そこには、いずれも眼を覆いたくなるほど、忠直の悪業を書きつらねている。

よくもここまで、しかも一国の領主について悪辣なことが書けるものだと驚かされる。

まさに、忠直「乱狂説」である。

だが、忠直の経歴や事跡について検証してみると、それら悪業の数々を裏付けるものは見当たらない。

これらの記録は現代までも生きており、忠直について書かれた記録や小説の類も、おしなべて忠直を悪人に仕立て上げている。

中には、「日本史上類例のない暴君」とまで決めつけている。

果たしてそうなのか。忠直をこのような人物に描いた人たちの根拠とは、いったい何であったのか。

わたしは歴史作家として、そういう視点から松平忠直に取り組んだ。

そんなとき、一冊の書に出合った。

『一伯公』
著者　柴田義弘
発行　松平忠直公三百五十年祭奉賛会
一九九九年（平成一一年）一〇月一五日発行

松平忠直が生涯を閉じた地元大分県で刊行された忠直研究書である。

著者の柴田義弘氏は、地元大分県や福井県を精力的に取材され、丹念に資料を掘り起こされていることがうかがえる。

これらの資料をもとに、柴田氏は時の福井藩や幕府の描いた忠直の悪業、暴君説を、ひとつひとつていねいに覆されている。

おそらく、忠直に関する公式記録や近現代における忠直関連書籍の中で、数少ない反証を試みた研究書といえよう。

わたしは歴史研究家ではないので、この研究書の歴史学的評価はできないとしても、この研究書が導き出した忠直像は忠直「性善説」であり、執筆途上の筆者を大いに励ましてくれた。この書によれば、忠直悪業のひとつひとつが風聞、口伝の類であり、荒唐無稽であり、なにひとつ裏付けとなる根拠を欠いていることがよくわかる。

わたしがこの小説を書いた動機は、巷間伝えられている松平忠直説について「そんなことはあり得ない」と不信感を抱き、松平忠直公の名誉を挽回したいと考えたからである。

そして、この小説を書くに当たって、わたしは『一伯公』を唯一の参考・引用文献にさせていただいた。

歴史の歯車を取り違えると、その車はとんでもない方向へ、一人歩きしてしまう危険性を孕んでいる。虚構が定説とされる危険性だ。

今後、研究者の手によって、松平忠直の真実の像が明らかにされることを心より願ってやまない。

本書の発行にあたっては、大分市の篤志家野中文博氏の多大なご支援を受けた。心より感謝を申しあげる。

本書は、平成二十三年七月から、平成二十四年七月まで十三回にわたり、東京の公共機関誌誌上に連載したものを補筆・改題し、単行本として刊行したものです（筆者）。

[著者略歴]

櫻《さくら》田《だ》 啓《けい》

1947年大分県九重町生まれ　さいたま市在住
専修大学法学部卒業

警視庁に奉職の後、作家童門冬二氏を師と仰ぎ歴史作家となる

日本作家クラブ正会員

【主な作品】
「幻のジパング 大友宗麟の生涯」（文芸社）「旅順に散った『海のサムライ』広瀬武夫」（PHP）「殺意の赤い実」（PHP）「井伊直弼の密偵・村山たか 祇園の女狐」（PHP）「戦場の外交官 杉原千畝」（PHP）「初代金沢城主・佐久間盛政 鬼玄蕃と虎姫」（SAIKI出版）「聖徳太子の父 小説 用明天皇」（SAIKI出版）など

【主な連載小説】
「鎌倉物語」「義経流浪記」「釣り侍」「江戸の幕引き」「ローマ熱狂」など

大分県竹田文化大使
廣瀬武夫顕彰会顧問
大友氏顕彰会顧問

悲運の宰相・松平忠直　一伯公《いっぱくこう》

2023年12月25日　第1版第1刷発行

著　　　者　櫻田　　啓
発　行　者　野中　文博
発　行　所　㈱SAIKI出版
〒151-0051
東京都渋谷区千駄ヶ谷5-29-7-1002
TEL03-5368-4301／FAX03-5368-4380
印刷・製本　株式会社 佐伯コミュニケーションズ
〒870-0847
大分県大分市広瀬町2-3-21
TEL097-543-1211／FAX097-554-4028

・この本に関するお問い合わせ
TEL03-5368-4301（SAIKI）　TEL097-597-0528（野中）

ISBN 978-4-910089-37-9　Printed in Japan